U0131877

21世纪普通高校计算机公共课程规划教材

图形图像技术与应用

王明美 主编

王晓迎 阮智斌 副主编

王中生 主审

清华大学出版社

北京

内 容 提 要

本书是一本介绍计算机图形图像处理技术与应用的教材。本教材通过基础知识介绍，实例制作过程讲解，介绍 Photoshop、CorelDRAW、Flash 和 Premiere 进行图形和图像处理基本功能和技巧，通过循序渐进的方式，由简单制作到综合复杂应用案例，使初学者在比较短的时间内基本了解和掌握图像编辑处理，可以制作出富有感染力和实用效果的艺术作品。

本书内容翔实，结构清晰，图文并茂，语言通俗易懂，适合应用型院校学生作为教材，也适合社会培训和读者自学。

本书封面贴有清华大学出版社防伪标签，无标签者不得销售。

版权所有，侵权必究。侵权举报电话：**010-62782989　13701121933**

图书在版编目（CIP）数据

图形图像技术与应用/王明美主编. —北京：清华大学出版社，2008.6
（21 世纪普通高校计算机公共课程规划教材）
ISBN 978-7-302-17180-5

Ⅰ. 图… Ⅱ. 王… Ⅲ. 计算机应用－图像处理－高等学校－教材　Ⅳ. TP391.41

中国版本图书馆 CIP 数据核字（2008）第 031406 号

责任编辑：梁　颖　李　晔
责任校对：李建庄
责任印制：杨　艳

出版发行：清华大学出版社		地　　址：	北京清华大学学研大厦 A 座
http://www.tup.com.cn		邮　　编：	100084
社　总　机：010-62770175		邮　　购：	010-62786544
投稿与读者服务：010-62776969，c-service@tup.tsinghua.edu.cn			
质　量　反　馈：010-62772015，zhiliang@tup.tsinghua.edu.cn			

印　装　者：北京市昌平环球印刷厂
经　　销：全国新华书店
开　　本：185×260　印　张：14.5　字　数：347 千字
版　　次：2008 年 6 月第 1 版　　印　　次：2008 年 6 月第 1 次印刷
印　　数：1～4000
定　　价：22.00 元

本书如存在文字不清、漏印、缺页、倒页、脱页等印装质量问题，请与清华大学出版社出版部联系调换。联系电话：(010)62770177 转 3103　　产品编号：028749-01

出版说明

随着我国改革开放的进一步深化，高等教育也得到了快速发展，各地高校紧密结合地方经济建设发展需要，科学运用市场调节机制，加大了使用信息科学等现代科学技术提升、改造传统学科专业的投入力度，通过教育改革合理调整和配置了教育资源，优化了传统学科专业，积极为地方经济建设输送人才，为我国经济社会的快速、健康和可持续发展以及高等教育自身的改革发展做出了巨大贡献。但是，高等教育质量还需要进一步提高以适应经济社会发展的需要，不少高校的专业设置和结构不尽合理，教师队伍整体素质亟待提高，人才培养模式、教学内容和方法需要进一步转变，学生的实践能力和创新精神亟待加强。

教育部一直十分重视高等教育质量工作。2007 年 1 月，教育部下发了《关于实施高等学校本科教学质量与教学改革工程的意见》，计划实施"高等学校本科教学质量与教学改革工程（简称'质量工程'）"，通过专业结构调整、课程教材建设、实践教学改革、教学团队建设等多项内容，进一步深化高等学校教学改革，提高人才培养的能力和水平，更好地满足经济社会发展对高素质人才的需要。在贯彻和落实教育部"质量工程"的过程中，各地高校发挥师资力量强、办学经验丰富、教学资源充裕等优势，对其特色专业及特色课程（群）加以规划、整理和总结，更新教学内容、改革课程体系，建设了一大批内容新、体系新、方法新、手段新的特色课程。在此基础上，经教育部相关教学指导委员会专家的指导和建议，清华大学出版社在多个领域精选各高校的特色课程，分别规划出版系列教材，以配合"质量工程"的实施，满足各高校教学质量和教学改革的需要。

本系列教材立足于计算机公共课程领域，以公共基础课为主、专业基础课为辅，横向满足高校多层次教学的需要。在规划过程中体现了如下一些基本原则和特点。

（1）面向多层次、多学科专业，强调计算机在各专业中的应用。教材内容坚持基本理论适度，反映各层次对基本理论和原理的需求，同时加强实践和应用环节。

（2）反映教学需要，促进教学发展。教材要适应多样化的教学需要，正确把握教学内容和课程体系的改革方向，在选择教材内容和编写体系时注意体现素质教育、创新能力与实践能力的培养，为学生知识、能力、素质协调发展创造条件。

（3）实施精品战略，突出重点，保证质量。规划教材把重点放在公共基础课和专业基础课的教材建设上；特别注意选择并安排一部分原来基础比较好的优秀教材或讲义修订再版，逐步形成精品教材；提倡并鼓励编写体现教学质量和教学改革成果的教材。

（4）主张一纲多本，合理配套。基础课和专业基础课教材配套，同一门课程有针对不同层次、面向不同专业的多本具有各自内容特点的教材。处理好教材统一性与多样化，基本教材与辅助教材、教学参考书，文字教材与软件教材的关系，实现教材系列资源配套。

（5）依靠专家，择优选用。在制定教材规划时要依靠各课程专家在调查研究本课程教材建设现状的基础上提出规划选题。在落实主编人选时，要引入竞争机制，通过申报、评审确定主题。书稿完成后要认真实行审稿程序，确保出书质量。

　　繁荣教材出版事业，提高教材质量的关键是教师。建立一支高水平教材编写梯队才能保证教材的编写质量和建设力度，希望有志于教材建设的教师能够加入到我们的编写队伍中来。

21 世纪普通高校计算机公共课程规划教材编委会

联系人：梁颖 liangying@tup.tsinghua.edu.cn

前　言

我们生活在一个五彩缤纷、绚丽多姿的世界里，美妙的色彩、图形让我们陶醉和愉悦。特别是近年来，计算机与美术的结合，产生了"计算机造型艺术、计算机动画特技效果"等，它们所具有的快速、精密以及复杂多变的优势，把我们带到了更新的艺术境界和更加完美的视觉效果之中。计算机图形图像已经渗透到了各行各业和人们的日常生活之中，掌握基本的计算机图形图像处理技术也已经成为许多学校各类专业学生必备的技能之一。

平面设计是各类图形图像设计和处理的基础，也是本教材主要讲述的内容。为此，本教材在最后部分还引入了动态图形图像设计的几个初级实例。作者曾从事过多年的计算机平面设计工作并具有多年的计算机"平面设计"课程的教授经验（对纯美术类专业和非纯美术类专业的学生）。本教材以"理论与实践密切结合"的思路进行编写，这种教学思路在作者多年的教学实践中得到了学生的好评。

本教材包括 7 章。第 1 章：图形图像技术；第 2 章：图像素材的编辑处理——Photoshop CS；第 3 章：平面矢量绘图——CorelDRAW；第 4 章：.图形图像设计的原理和技术；第 5 章：图形图像在 Flash 中的应用；第 6 章：图形图像在 Premiere 中的应用；第 7 章：平面设计欣赏及其他应用。通过大量的实例，让学生循序渐进地学习和逐步地提高，最终使学生达到熟练掌握计算机图形图像的常用类型、应用场合；一般图形图像的获取、加工美化、合成输出；具备平面图形图像的规划布局、综合创意的能力以及动态图形图像的一般设计思路。

王明美老师编写第 1 章、第 2 章和第 5 章并进行统稿，王晓迎老师编写第 3 章和第 4 章，阮智斌老师编写第 6 章和第 7 章，王中生老师对全书进行了审阅。在编写过程中，得到了许多相关老师的关心和帮助，并得到了许多宝贵的修改意见，对于他们的关心、帮助和支持，编者表示衷心感谢！

由于计算机技术发展迅速，图像图形处理设备和应用软件的日益更新，错误和疏漏之处在所难免，恳请广大读者批评指正。欢迎索取电子课件，联系邮箱：wzhsh1681@163.com 或116359446@qq.com。

目　录

第 1 章 　图形图像技术

图形图像技术与应用是工业造型、视觉传达、平面设计、室内设计、建筑设计和多媒体技术等专业的一项基本技能。图形、图像是一种人类视觉所感受到的具象化的信息，一幅图片可以形象、生动和直观地表达大量的信息，具有文字和声音无可比拟的优点。图形、图像包含了比文字描述更为丰富、多样，因而也更为完备的信息量。人类对于图形、图像信息具有一目了然的快速吸收能力。18 世纪，瑞士著名数学家欧拉从数学的实践中总结出"千言万语不如一张图"这句至理名言。欧拉这句名言对于我们学习图像制作的指导意义在于，图像制作不应该仅仅是对言语的诠释，而应该突破言语的樊笼，创造视觉形象的全新境界。总之，文字媒体引导人们通过逻辑思维给人以直观的切身感受。20 世纪下半叶又进入了视觉形象的时代，这是人类历史螺旋发展的一个新台阶。

图形图像技术是一门集图形、图像、动画、视频等信息处理的技术，它可以通过外部设备接收外部的图形和图像等信息，经过计算机加工处理后，以图形或图像等多种形式输出，实现输入和输出方式的多元化，改变了计算机早期只能处理文字、数据的局限，是人们的工作和生活更加丰富多彩。对于计算机来说，图形和图像是两种很不相同的媒体，图形学和图像处理技术在计算机发展初期是两门相对独立的学科。然而，图形与图像在很多场合下又是很难区分的。随着多媒体技术的飞速发展，图形与图像的结合日益紧密。图像软件往往包含图形绘制功能，而图形软件又常常具备图像处理功能。本书将介绍一些常用的图形和图像软件。

在本章，要建立图形和图像的基本概念，了解将要介绍的软件的基本用途和功能，重点介绍各种常用的图形和图像文件的文件格式。

1.1　图形和图形文件格式

1.1.1　图形

图形与图像从各自不同的角度来表现物体的特性。图形是对物体形象的几何抽象，反映了物体的几何特性，是客观物体的模型化；而图像则是对物体形象的影像描绘，反映了物体的光影与色彩的特性，是客观物体的视觉再现。

例如一台计算机，用点、线、面等元素画出来就是图形；而用照相机把它拍成照片就是图像。尽管这种区分比较肤浅，但是相当直观。对于计算机来说，图形与图像的区分与我们的主观感受较少关联，而主要取决于构成及处理的算法。

图形是面向几何学的。在计算机中，图形（Graphics）与对象（Object）密切相关。图形是以面向对象的形式创建和存储的。图形与屏幕分辨率无关，任意放大不会产生锯齿效应。这是由于图形的显示是一个动态生成过程，在确定尺寸和分辨率之后再经栅格化转换送屏幕显示。

图形与图像可以相互转换。利用渲染技术可以把图形转换成图像，而边缘检测技术则可以从图像中提取几何数据，把图像转换成图形。

1.1.2　图形文件格式

图形是以怎样的格式保存为一个文件的呢？下面以一个简单的圆形为例来说明图形文件的一般格式。

绘制一个半径为 r，圆心位于坐标（a，b）的圆形，如图 1.1 所示，然后保存，就可以得到一个图形文件。

定义一个文件格式。设圆形生成算法序号为 n，数据精度为 2 个字节，数据序列为 r、x、y，则得到图形文件为：（n，r，a，b）。

从上述例子可知，图形文件是相当紧凑的，一个圆形的图形文件只占用了 8 个字节，不管这个圆形有多大。

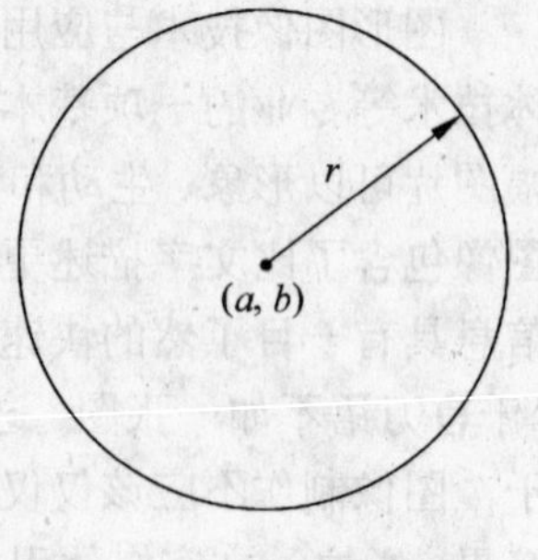

图 1.1　一个简单的圆形

上面这个例子中定义的图形文件格式是一个很极端的特例，忽略了很多细节，这样有助于对于图形文件本质的理解。实际的图形文件要考虑的问题还有很多。事实上，图形文件软件的优劣，在很大程度上取决于图形生成算法以及曲线曲面构成的观念。图形软件从基于向量面向模块到贝塞尔化面向对象的发展，突破了曲线构成的传统观念，创立了多媒体时代图形软件的新纪元。

图形的生成算法以及曲线构成的理论等对于非专业用户来说过于复杂，没有必要细加研究。我们需要了解的是常用的图形文件有哪些格式，这些不同的格式分别对应哪些图形软件，相互之间如何转换等。要特别注意的是，图形文件总是与图形软件一一对应的，这是因为图形文件中存储的是生成图形的算法序号，而每一种图形软件的生成算法是完全不同的。

以下介绍 3 款常用图形软件的本位格式和转化格式，其中第 3 款软件本书将在后面的章节中展开介绍。

1. Adobe Illustrator(.ai)

Adobe 公司的 Illustrator 图形软件是多媒体图形软件的先驱，该软件于 1987 年推出，率先在文件层面上实现了图形与图像的集成，从而开创了多媒体时代图形软件的新纪元。Adobe 公司支持的.eps 格式是一种跨平台的文件格式，与应用软件无关，与系统平台无关，甚至还与硬件无关。也就是说，在计算机中的.eps 格式文件，可以直接送到印刷机输出，而无须作任何转换。

Illustrator 除了处理.ai 格式和.eps 格式文件以外，还可以处理其他格式的图形文件格式，Illustrator 的导入功能包含在打开命令中，在打开和导入文件格式列表中，文本、图形和图像等不同类型的文件都罗列其间，例如有 Text、Word、MS RTF、Acrobat PDF、Photoshop 等软件可处理的文件格式。

2. Macromedia FreeHand(.fh7)

Macromedia 公司的 FreeHand 图形软件则着重于图形与文本的集成，该软件在图形软件基本功能的基础上，最大限度地扩展了文本处理功能，真正做到了多媒体意义上的图文并茂。FreeHand 的本位格式文件的扩展名为.fhn，这里 n 是版本号，.fh7 就是版本 7 的文件格式。

与 Illustrator 一样，FreeHand 除了处理本位格式.fhn 文件以外，还可以通过导入的方式来处理其他格式的文件。

3. CorelDRAW(.cdr)

加拿大软件公司 Corel 公司的图形软件 DRAW 于 1989 年推出，该软件在功能集成方面后来居上，在图形图像专业软件领域中遥遥领先。CorelDRAW 集成了图形、图像、文本以及排版等功能，为真正实现计算机图像制作的软件平台一体化迈出了坚实的一步。

CorelDRAW 的本位格式是.cdr，跟所有的图形软件一样，也具备向下兼容的特性，目前已经升级到了版本 9。CorelDRAW 除了处理.cdr 文件之外，还可以通过导入的方式来处理其他格式的各类文件。

1.2 图像和图像处理

通常图像的信息类型是模拟的，诸如照相、图片、电视、录像等，而计算机处理的图像则是数字的。模拟图像经过图像输入设备的采样和量化处理，就生成了数字图像。数字图像和模拟图像相比，主要有 3 个方面的优点：

1. 再现性好

不会因存储、输出、复制等过程而产生图像质量的退化。

2. 精度高

精度一般用分辨率来表示。从原理上来讲，可实现任意高的精度。

3. 灵活性大

模拟的图像只能实现线性运算，而数字处理还可以实现非线性运算。凡可用数学公式或逻辑表达式来表达的一切运算都可以实现。

在本书各章节所提到的"图像"一词，在没有特别说明的情况下，一般指的都是"数字图像"。

1.2.1 图像

图像是面向矩阵论和色度学的。在计算机图像处理中，图像（Image）与位图（Bitmap）对应关联。图像是以光栅点阵的形式创建和存储的，因此，图像与分辨率密切相关，任意放大会产生锯齿效应。数字图像通常是通过扫描图片、数码相机或视频抓取来生成的。当然，也可以通过图像软件用绘画或影像处理的方法生成。图像扫描过程就是一个图像采样量化的过程。

现在仍然以一个简单的圆形为例，来说明图像文件的一般格式，如图 1.2 所示。

因为图像是与分辨率密切相关的，所以首先要确定分辨率。所谓图像分辨率简单地讲就是单位长度上采样的点数。在模拟图像上打好网格，然后，在网格上逐格采样并量化，就得到一幅数

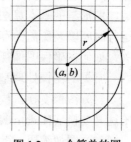

图 1.2 一个简单的圆

字图像。

例如，分辨率为 320×200 的数字图像，就是在模拟图像上分割出 320×200 的网格后逐点采样得到的图像。假设图像分辨率为 640×480，一个半径为 r，圆心位于坐标（a, b）的圆形充满画面，逐点采样，圆周通过的点为 1，背景点为 0，就得到一个稀疏矩阵。设每一个点为一个比特，该矩阵就转换成比特流，将该比特流保存，就得到一个图像文件。该图像文件的大小为 640×480/8=38 400 字节。

从上述例子可知，与图形文件相比，图像文件要松散得多，相同的视觉内容，未经压缩的图像文件是图形文件的 4800 倍，由此可见，图像文件的冗余度是相当大的。另外，未经压缩的图像文件其大小只与分辨率有关，而与视觉内容无关。如果再将灰度量化和色彩模式等的因素包括进去，图像文件的容量还要大很多。在图像处理中最小的图像系统为 250×250 个像素，64 级灰度；与电视图像质量相当的系统为 512×512 个像素，128 级灰度；而 Photoshop 处理的典型图像则为 800×600 个像素，3×256 级色彩值。

1.2.2　图像处理

在数字计算机问世之前，人类只能对图像做有限的简单处理，与之相应的图像处理的实用价值也很有限。20 世纪 60 年代出现了计算机图像处理技术，为图像处理提供了一种精确、灵活、通用的工具，从而极大拓展了图像处理的应用领域。

1. 发展

图像处理技术起源比图形学还要早 30 多年，而进入大规模的应用却比图形学晚了 10 多年。其原因就是因为数字图像比图形所含的信息量大得多，必须等到计算机发展到一定水平以后才能进入大规模的实用阶段。

1921 年，第一个数字图像传输系统——巴特兰电缆图片传输系统横跨大西洋传输图像成功。

1929 年，第一次实现 15 级灰度的图像编码并引进了一套用编码穿孔纸袋来调制光束进而使底片感光的图像输出设备。

1952 年，哈夫曼发表关于最小冗余度编码的论文《构造最小冗余度编码的一种方法》。

1964 年，在阿波罗载人登月计划中首次采用计算机对月球图片进行处理。

1980 年代中期，开始对图像处理进行大规模应用研究。

自从数字图像处理这门学科诞生以来，对通信、电视、医学、印染、工业检测、过程监控以及科学研究等领域产生了广泛的影响。在未来的可视化通信领域中，图像处理作为一门基础学科，必将得到更重大的发展。

2. 图像处理基本算法

图形学的基本算法的研究目标是：在确保精度的前提下，如何最大限度地节省算法的运行时间以及所需的存储空间。而图像处理的基本算法与压缩图像信息和改善图像质量有关，如何在确保图像视觉特征的前提下最大限度地压缩图像的信息量。

常见的图像处理基本算法如下。

（1）图像变换：快速傅里叶变换（FFT）、离散余弦变换（DCT）、霍特林变换（HT）、哈达马变换（Hadamard Transform）。

（2）图像编码：微分脉冲编码（DPC）、线性预测编码（LDC）、行程编码（RLE）、哈夫曼编码（Huffman Code）。

（3）图像复原：线性算子复原法、反向滤波器、最小二乘法。

（4）图像增强：对比度扩展法（锐化）、邻域平均法（平滑）、同态滤波（模型化）。

（5）彩色表示：标准色度学模型、孟塞尔表色法、色光加色法、色料减色法、色相分量法。

（6）分割描述：点相关、区域相关、拓扑描述（区域）、关系描绘（串文法）、测度描述。

这些算法的基本原理、设计细节和实现方法等，要具备相当的数理基础才能搞懂，对于图像制作软件应用者来说，没有必要深入探讨。从应用的层面归纳起来，这些图像处理技术可以概括为以下几个方面。

（1）像质改善：图像增强、锐化、平滑、校正、图像整饰、色彩处理。

（2）图像分析：边缘检测、区域分割、特征抽取、纹理分析、图像匹配、模式识别。

（3）图像重建：通过对离散图像进行线性空间内查获线性空间滤波来重新获得连续图像。

（4）数据压缩：图像数字化、图像压缩编码、图像分形技术、图像小波理论。

多年来，图像处理与图形学两者独立发展、互不相干。但从 20 世纪 90 年代以后，出现了图像生成技术与图像处理相结合的趋势，这种趋势不仅反映在基于图像的实时动态绘制技术中，而且突出地表现在科学计算可视化这一新兴领域中。科学计算可视化是将科学计算过程中的数据及结果数据转换为图像，实际上也包括了工程计算可视化和测量数据可视化，其核心是三维数据场的可视化。这一技术可以应用于气象预报、石油地质勘探、环境保护、核爆炸模拟、计算流体力学、天体物理及医学等许多领域。图像处理是三维数据场可视化的重要组成部分。

1.2.3 分辨率和图像格式

1. 分辨率

1）图像分辨率

图像分辨率是指图像文件中保存的图像网格采样点数，显示实际包含的图像信息量，一般用像素（Pixel）表示。分辨率越高，图像就越清晰。

2）屏幕分辨率

屏幕分辨率用每屏所包含的像素来表示。通常取决于显示器以及显示卡的类型。屏幕分辨率用屏幕横向包含的像素点数乘以纵向包含的像素点，例如有 640×480、800×600、1024×768 像素等。

3）扫描分辨率

扫描分辨率用每英寸中所包含的采样点数（dot per inch）来表示。扫描仪的分辨率分为光学分辨率和输出分辨率。

4）光学分辨率

光学分辨率是硬件技术指标，是扫描仪真正能扫描到的分辨率。常见的为800～3200dpi 等。

5）输出分辨率

输出分辨率是经过软件强化以及插值补点之后所产生的分辨率，大约为光学分辨率的3～4倍。

6）打印分辨率

打印分辨率用每英寸中所打印的点数（dpi）来表示。一般 24 针的针式打印机可达180dpi。喷墨打印机则为 300～720dpi，激光打印机的分辨率可达 600～1200dpi。

2．图像文件格式

在 1.2.1 节中介绍了一个圆的图像文件的例子，这是一个很简单的例子，忽略了诸如灰度、色彩以及压缩方法等很多细节，其实，图像文件格式是千变万化的，主要由两方面的因素互动的结果，首先是压缩算法的因素，其次就是色彩的表示方法。下面介绍一些常用的图像文件格式。

1）PSD

PSD 是 Photoshop 软件的本位格式，兼容所有的图像类型，支持 16 种额外通道和基于向量的路径。用 PSD 格式存盘，保存的图像信息最完整，同时所占据的硬盘存储容量也最大。

2）BMP

BMP 是 Microsoft 公司定义的 Bitmap 格式是一种与设备无关的图像格式，采用索引色。兼容 DOS、Windows、Windows NT 和 OS/2。不兼容 Macintosh。通常的 Windows 格式是不压缩的，相同的分辨率就有相同的文件大小，与图像所含的视觉内容无关。与 PSD 格式相比，BMP 格式没有通道、路径等附加信息，所占据的硬盘存储容量也就小许多。

3）GIF

GIF（Graphics Interchange Format）图像互换格式是 CompuServe 公司制定的图像存储规范，文件小，兼容索引色、线画稿和灰度类型。GIF 采用 Hash 散列压缩编码，压缩率较高，同样的图像内容，用 GIF 格式要比用 PSD 格式小 20 倍。除了压缩效率高之外，GIF格式的另一个特点是动画格式的兼容性。因此，GIF 格式是网页设计的最佳选择。

4）JPG

JPG 是 JPEG 图像格式的扩展名。JPEG（Joint Photographic Experts Group）直译为联合图片专家组。从 1980 年开始，国际标准化组织 ISO 和国际电话电报咨询委员会 CCITT联合进行了视频压缩的标准化研究。历时 10 年，于 1991 年完成了 JPEG 标准。JPG 格式的特点是在保持图像的高精度的前提下，获得高压缩比，这是 GIF 格式所望尘莫及的。专业摄影师一般都采用 JPG 格式，与 PSD 格式相比，JPG 格式只占十几分之一。互联网上高精度的图像也都是 JPG 格式。用 Photoshop 制作图像时，一般情况下，制作的中间过程用PSD 格式保存，最后完成稿则用 JPG 格式保存，这样的做法有利于节省存储空间。总体上说，对于低压缩率高质量的图片使用 JPG 文件是一个恰当的选择。

5）TIF

TIF（Tagged Image File Format）是由 Aldus 公司和 Microsoft 联合开发的一种 24 位图像格式。它具有可移植性好的优点，兼容多种平台，如 Macintosh、UNIX 等。描述图像的细微层次信息量大，包含特殊信息阿尔法通道，允许所有操作，有利于原稿阶调和色彩复制。TIFF 采用哈夫曼行程编码。与 PSD 格式相比，TIF 格式的兼容性特别好，比如，3DS

MAX/VIZ 只认得 TIF 格式的通道信息。

6）EPS

EPS（Encapsulated Post Script）格式在文件层面上实现了图形与图像的集成。EPS 格式是一种跨平台的文件格式，与应用软件无关，与系统平台无关，甚至还与硬件无关。也就是说，在计算机中的 EPS 格式文件可以直接送到印刷机输出，而无须作任何转换。印刷排版行业多用此格式。

7）PCX

PCX 是 Xsoft 公司的专用格式，适用于索引色和线画稿，有多种版本。Photoshop 支持 PCX V.5。PCX 采用扫描线行程压缩编码。

8）TGA

TGA（Targa）为 True Vision 的专用显示卡定义，是一种 24 位图像格式，兼容 Macintosh。

我们已经了解了图形和图像的一些初步知识，下面将通过计算机操作进入图像图形的世界，通过学习将对美的感知、想象和领悟有所收获。在接下来的两章中，所要学习的软件是目前"平面设计"中最流行和最经典的两个软件——Photoshop CS 和 CorelDRAW。

思 考 题

1. 图形与图像有哪些基本区别？
2. 什么是图像的分辨率？
3. 数字图像和模拟图像相比主要有哪 3 个方面的优点？

第2章 | 图像素材的编辑处理——Photoshop CS

Photoshop CS 由美国 Adobe 公司出品，它是一款优秀的图像处理和设计软件，其功能主要包括图像编辑、图像合成、校色调色以及特效制作等四大部分。使用 Photoshop CS，可以使人们的创作才华得到尽情地施展，因此该软件备受专业图形图像设计人士、专业出版人士、商务人士以及普通设计爱好者的青睐。

Photoshop CS 的版本一直在不断地升级，但是对于专业设计人士来说，一般选择性能比较稳定，而且已被广泛使用的某个版本。比如，Photoshop CS 8.0。如果一个版本学透了，再去学习新的版本将会十分容易。

2.1　Photoshop CS 界面简介

初次进入 Photoshop CS 主窗口，一般可以看到 5 个部分：标题栏、主菜单栏、工具箱、工具属性栏及工作区（工作区上有"欢迎屏幕"，单击"关闭"按钮，可将其关闭）。

下面首先来认识这 5 个部分，如图 2.1 所示。

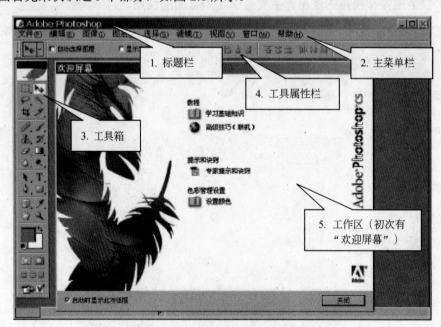

图 2.1　Photoshop CS 主窗口欢迎界面

（1）标题栏：标题栏左边显示主窗口名称；右边的 3 个按钮从左向右依次为最小化、最大化和关闭按钮，分别用于缩小、放大和关闭应用程序窗口。

（2）主菜单栏：其上有 9 个主菜单选项，包括"文件"、"编辑"、"图像""图层"、

"选择"、"滤镜"、"视图"、"窗口"、"帮助"等。单击某个主菜单选项，便会弹出下拉的子选项（又叫下拉菜单选项）。

（3）工具箱：工具箱包括各种绘图和编辑图的工具。使用任何一种工具，首先需要单击该工具，使它处于被选中的状态。然后在"工具属性栏"中设置相关的参数。

工具箱栏集成了进行图像处理的常用工具，如图 2.2 所示。

（4）工具属性栏：显示和编辑被选中工具的参数设置。

（5）工作区：该区域用于显示打开或新建的图像文件。

当工作区上显示有图像文件时，在主窗口的底部便出现一个横条，该横条被称为"状态栏"，它能够提供一些当前操作的帮助信息。

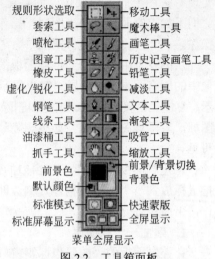

图 2.2　工具箱面板

2.2　图层的基本概念和基本操作

在 Photoshop 中，一幅图像通常是由多个不同类型的图层通过一定的组合方式自下而上叠放在一起组成的。我们可以把每一层想象成是一个透明的薄膜，它们的叠放顺序以及混合方式直接影响着图像的显示效果。

如果"图层"窗口未显示出来，则需要单击主菜单"窗口"选项，在其下拉菜单中单击"图层"选项（使"图层"选项前面有√），这样就会弹出主窗口右边控制面板的"图层"标签，控制面板上一般有"图层"等几个标签集成在一起（注：按下键盘上的 F7 键，也可打开控制面板上的"图层"标签）。

如果"图层"窗口已显示出来，则单击"图层"标签，使其成为当前可操作的标签，如图 2.3 所示。

图 2.3　控制面板的"图层"标签

图像素材的编辑处理——Photoshop CS

特别提示.单击主菜单中的"图层"选项,通过系统弹出的下拉菜单中的选项也可以实现有关图层的各种操作,而且比控制面板上的"图层"标签操作选项更为详细,但是它们不如控制面板上的"图层"操作直观和方便。本小节主要介绍控制面板上的"图层"操作。

从图 2.3 中可以看到控制面板的"图层"标签窗口,从最上面的图层开始,列出了图像中的所有图层(有图层组时也显示图层组)。在该窗口,可以对图层进行创建、隐藏、显示、复制、链接、合并、锁定和删除等操作。还可以看到,每一图层上均对应一个"眼睛"图标,表示该图层可见。如果想隐藏该图层,单击"眼睛"处使其关闭,则该图层变为不可见。

在控制面板"图层"标签窗口的最下部,是图层操作快捷按钮选区 ◢. ▢ ▢ ◢. ▢ ▢,把鼠标放到一个按钮上稍停片刻,即可显示出该按钮的功能提示。对于图层的其他基本操作,下面进行介绍。

1.建立一个新图层

在控制面板的"图层"标签窗口,单击该窗口右上角的"黑三角" ▶ 处,在弹出菜单中单击"新图层"选项,则弹出"新图层"对话框,如图 2.4 所示。在该对话框的"名称"文本框中输入图层名字,如"CD 光盘",然后单击"好"按钮。此时,一个名为"CD 光盘"的新图层即被建立起来了,如图 2.4 所示。

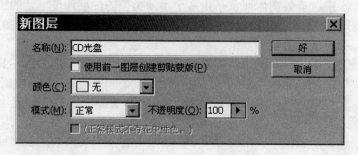

图 2.4 "新图层"对话框

2.图层的链接及对齐

所谓几个链接的图层,就是当操作它们其中的某个图层时,与它链接的图层的图像或文字也同步放大或同步缩小等。

要使几个图层成为链接层并实现图像对齐,操作举例如下。

参考图 2.3。在控制面板的"图层"标签窗口,单击"内孔"图层,使其为深蓝色,表示该图层为当前被选中的图层。

再单击"CD 光盘"层"眼睛"图标右边的 ▇ (即"链接处"),则出现链子图标 ▇,表示"内孔"图层与"CD 光盘"图层链接(若要取消链接关系,则可单击一下链接的符号使其消失,则链接关系便随之解除)。

选中"内孔"图层,单击主菜单"图层"选项,分别在下拉菜单中选择"对齐链接图层"下的"垂直居中"和"水平居中"选项。则"内孔"图层与"CD 光盘"图层上的图像在水平和垂直方向上均实现对齐(即中心对齐)。

3. 图层的合并

在控制面板的"图层"标签窗口选中某图层，单击该窗口右上角的"黑三角" 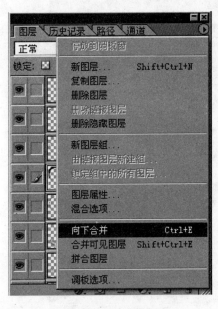处，在弹出菜单中单击合并图层的选项，即可实现某种对应的图层合并，如图 2.5 所示。常用的图层合并类型有以下几种。

（1）向下合并：执行此命令，可以将当前作用图层与其下一图层的图像合并，其他图层保持不变。使用此命令合并图层时，需要将当前作用图层的下一图层图像设为显示状态。

（2）合并可见图层：执行此命令，可将图像中所有显示的图层合并，而隐藏的图层则保持不变。

（3）拼合图层：执行此命令，可将图像中所有图层合并。

（4）如果要合并多个不相邻的图层，可以将这几个图层先设定为链接的层，然后在控制面板的"图层"标签窗口，选中某链接图层，单击该窗口右上角的"黑三角"处，在弹出菜单中单击合并链接图层选项。

4. 图层样式效果的使用

Photoshop CS 可以为除背景层外的所有的图层设置阴影、发光、立体浮雕等样式效果。操作举例如下。

在控制面板的"图层"标签窗口的底部，单击 （即添加图层样式）按钮，在弹出的菜单中单击一个选项，如图 2.6 所示，即可打开对应该"图层样式"对话框，如图 2.7 所示。对该话框窗口的参数进行设置，然后单击"好"按钮，即可将此图层样式添加到该层上去。

图 2.5　合并图层的选项窗口

图 2.6　图层样式选项窗口

另外，选中某图层，在主菜单上选择"图层"|"图层样式"命令，在弹出的菜单中单击一个选项，如图 2.8 所示，也能打开对应的"图层样式"对话框进行图层样式的设置。

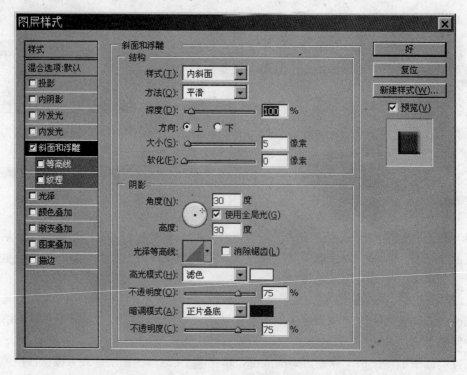

图 2.7 "图层样式"对话框

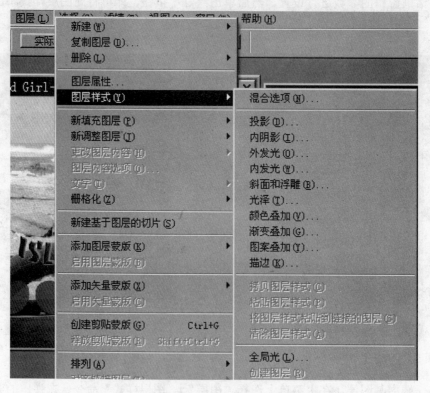

图 2.8 "图层"|"图层样式"下拉选项

实验 2-1 熟悉 Photoshop CS 主窗口界面和制作 CD 光盘的外形轮廓

第一部分 熟悉 Photoshop CS 主窗口

1. 实验要求

（1）熟悉 Photoshop CS 窗口，重点记忆的 5 个部分（标题栏、主菜单栏、工具箱栏、工具属性栏、工作区）的位置。

（2）学会新建和保存文件。

（3）对 Photoshop CS 进行初步性的操作尝试。特别要求记住两个常用的组合快捷键。

① Alt 和 ← 键。该组合快捷键的功能是将前景色填入选区。

② Ctrl 和 D 键。该组合快捷键的功能是取消所选的区域。

2. 操作思路

实验 2-1 第一部分的操作思路如图 2.9 所示。

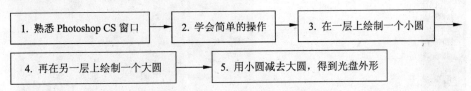

图 2.9 实验 2-1 第一部分的操作思路

3. 上机实践操作步骤

（1）双击 Photoshop CS 图标，即可进入 Photoshop CS 主窗口。单击"关闭"按钮，将"欢迎屏幕"关闭。然后单击主菜单栏上的"文件"选项，在弹出菜单的下拉选项中单击"新建"命令，系统即可进入"新建"对话框，如图 2.10 所示。

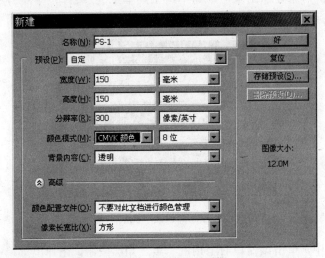

图 2.10 "新建"对话框

（2）在"新建"对话框中输入如图 2.10 所示的信息（"预设"设置为"自定"选项；"宽度"和"高度"均输入 150 毫米；"分辨率"输入 300 像素每英寸；"颜色模式"选 CMYK；"背景内容"选"透明"选项）。

注意单位要设定正确（设定单位时，可单击旁边的下三角按钮，可调出其他单位选项）。

图像素材的编辑处理——*Photoshop CS*

（3）在如图 2.11 所示的界面中，先在工具箱处双击"抓手"工具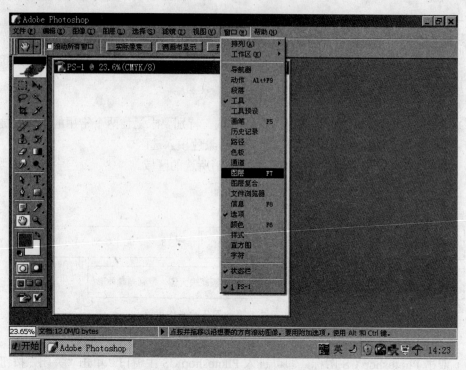（可使画布以适合窗口大小的尺寸显示）。

图 2.11　"新文件 PS-1"窗口

如果"图层"窗口未显示出来，则需单击主菜单上的"窗口"|"图层"命令（使"图层"选项前面有√标记），这样就会弹出控制面板的"图层"窗口，如图 2.12 所示。

图 2.12　控制面板的"图层"窗口

（4）在图 2.12 中，单击该窗口右上角的"黑三角"按钮，在弹出菜单中单击"新图层"选项，则弹出"新图层"对话框，如图 2.13 所示。在其对话框"名称"文本框中输入"CD光盘"，然后单击"好"按钮。此时，一个名为"CD光盘"的新图层即被建立起来了。用同样的方法再建立另一个新图层，取名为"内孔"，如图 2.14 所示。

（5）如图 2.15 所示，"内孔"图层为深蓝色，表示当前被选中的图层。如果想对该图层操作，需要先将该图层选中（即在"图层"窗口上用鼠标单击该图层）。

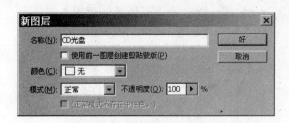

图 2.13 "新图层"对话框

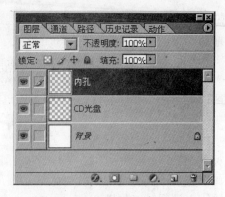

图 2.14 新建图层后的控制面板"图层"窗口

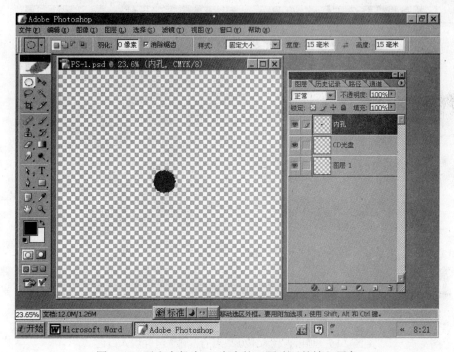

图 2.15 画出直径为 15 毫米的正圆选区并填入黑色

还可以看到，每一图层上均对应一个"眼睛"图标，表示该图层可见。如果想隐藏该图层，单击"眼睛"处使其关闭，则该图层变为不可见。在控制面板"图层"窗口的最下部，是图层操作快捷按钮选区 ，把鼠标放到一个按钮上稍停片刻，即可显示出该按钮的功能提示。

单击"内孔"图层，使其为深蓝色（如果已为深蓝色，就不用再单击了）。再单击"工具箱"中 "矩形选框工具"右下角的小黑三角处，在弹出菜单中单击"椭圆选框工具"命令。然后在"工具属性栏"的"样式"处单击黑三角，在弹出的菜单中选择"固定大小"选项，并在旁边的"宽度"和"高度"输入框中均输入 15 毫米（这样才能保证画出的是直径为 15 毫米的正圆）。如果单位不是毫米，则需要在输入框内部右击，在弹出选项中更换单位。

（6）这时在画布上单击并拖动鼠标即可画出直径为 15 毫米的正圆选区（即正圆轮廓

闪烁虚线出现）。在"工具箱"的"椭圆选框工具"被选中的条件下，将光标放入正圆选区中拖动，将正圆选区拖动到画布的中心处。

在保证前景色为黑色的条件下（如果是白色，则单击"前景背景色"工具的"互换箭头"处，使前景色由白色变为黑色）。同时按下 Alt 和←键，则该圆形选区被填入黑色，如图 2.15 所示。再同时按下 Ctrl 键和 D 键，可取消所选的区域（即该正圆轮廓闪烁虚线消失）。

（7）单击"前景背景色"工具的"互换箭头"处，使前景色再由黑色变为白色。用鼠标单击"CD 光盘"图层，使其为当前图层。用与上面同样的方法，在"CD 光盘"图层上画出宽度和高度均为 120 毫米的正圆形选区，填入白色。然后同时按下键盘的 Ctrl 键和 D 键，取消选区，如图 2.16 所示。

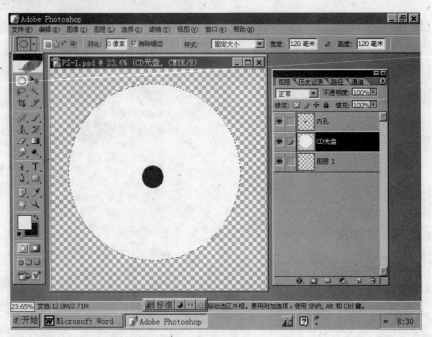

图 2.16　画出直径为 120 毫米的正圆选区并填入白色

最好在制作完毕两个固定的大圆小圆后，选中"工具箱"的"椭圆选框"工具，在"工具属性栏"的"样式"处单击黑三角，选择"正常"选项，还原原来的设置。

（8）选中"CD 光盘"图层，再单击"内孔"图层"眼睛"图标右边的 ▇ "链接处"，出现链子图标，表示"内孔"图层与"CD 光盘"图层链接。单击主菜单"图层"选项，分别在下拉菜单中选择"对齐链接图层"下的"垂直居中"和"水平居中"命令。使这两层的大圆小圆图像在水平和垂直方向上均对齐（即中心对齐）。

（9）单击"内孔"图层，使该图层被选中。按下 Ctrl 键，再单击控制面板"图层"窗口的"内孔"图层的深蓝色处，则该图层的图形区域被选中（即直径为 15 毫米的正圆轮廓出现闪烁虚线），如图 2.17 所示。

（10）在"直径为 15 毫米的正圆选区"存在的条件下，单击"CD 光盘"图层，使该图层被选中。此时按下 Delete 键，则"CD 光盘"图层中心处便被"直径为 15 毫米的正圆"减去。然后同时按下 Ctrl 键和 D 键，取消选区。

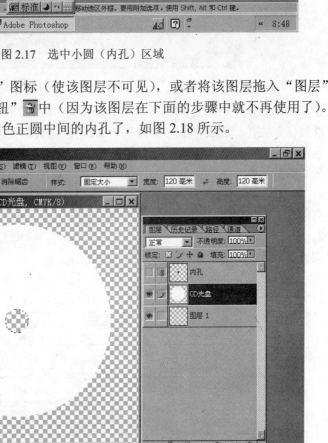

图 2.17　选中小圆（内孔）区域

　　单击"内孔"层的"眼睛"图标（使该图层不可见），或者将该图层拖入"图层"窗口最下部的"删除图层快捷按钮"　中（因为该图层在下面的步骤中就不再使用了）。这时即可看到"CD 光盘"图层白色正圆中间的内孔了，如图 2.18 所示。

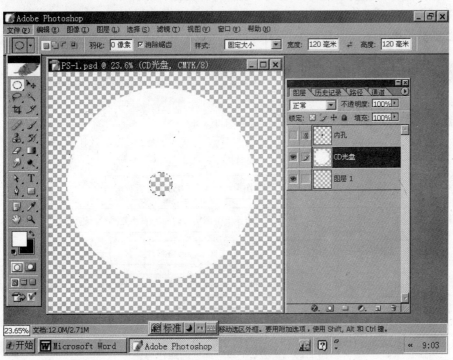

图 2.18　大圆中心 15 毫米圆被小圆减去

图像素材的编辑处理——*Photoshop CS*

（11）单击主菜单栏的"文件"菜单，选择"存储为"命令，系统弹出"存储为"对话框，如图 2.19 所示。

图 2.19 "存储为"对话框

在该对话框中，格式选 PSD（这是 Photoshop CS 的带层文件格式），单击"保存"按钮，及时保存文件。其实在制作的过程中要进行经常保存文件。

至此，实验 2-1 的"第一部分"便完成了。下面开始实验 2-1 的"第二部分"。

第二部分 制作 CD 光盘的外形样式

1．教学要求

巩固"第一部分"所学的内容，并接着制作一个 CD 光盘的外形样式。

2．操作思路

实验 2-1 第二部分的操作思路如图 2.20 所示。

1. 选取光盘外围轮廓选区。

2. 使该选区向内收缩 15 像素，新建一个图层（名为"边线"）进行描边。

3. 光盘外围轮廓选区向内收缩 25 像素，新建一个图层（名为"照片范围"）填入黑色。

4. 打开一幅数码照片，粘贴到"第二部分"的文件中，调整照片大小。

5. 用"照片范围"区域选取数码照片的范围，再粘贴到"第二部分"的文件中。

6. 使照片背景变暗，加入文字（这一步本例可以不做）。

图 2.20 实验 2-1 第二部分的操作思路

3．上机实践操作步骤

（1）打开上面所完成的"第一部分"文件，单击"文件"|"存储为"命令，将文件命名为 PS-2，单击"保存"按钮，则系统进入 PS-2 文件窗口。

如果前景色不是黑色，则单击"前景背景色"工具处左下角的"前景背景色"默认图标█，使前景色为黑色。

（2）单击"图层"窗口的黑三角处，在弹出的菜单中单击"新图层"选项，建立一个新图层，另起名字为"边线"。用同样的方法再建立一个新图层，命名为"照片范围"。

（3）在控制面板处的"图层"窗口，用鼠标单击"CD 光盘"图层，选中该层。按下 Ctrl 键，再单击"CD 光盘"图层的深蓝色处，则该图层的图形区域即被选中。

（4）单击"选择"|"修改"|"收缩"命令。在弹出的"收缩选区"对话框中输入"收缩量"为 15 像素，然后单击"好"按钮。此时，选区向内收缩了 15 个像素，如图 2.21 所示。

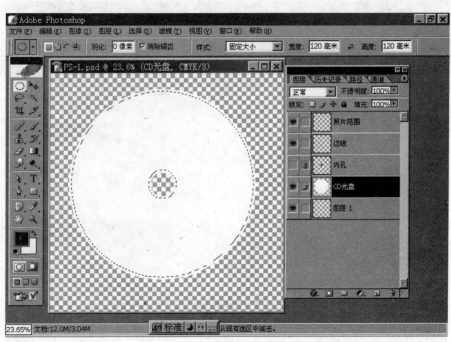

图 2.21　绘制出光盘外围轮廓向内收缩 15 像素的选区

（5）在保证刚完成的"光盘外围轮廓向内收缩 15 像素的选区"存在的条件下，选中"边线"层。单击"编辑"|"描边"命令。在"描边"对话框中输入"描边宽度"为 5 像素，然后单击"好"按钮，如图 2.22 所示。

此时，选区的边在"边线"层上，沿边居中地被描边了 5 个像素宽度的边线。同时按下 Ctrl 和 D 键，取消选区，如图 2.23 所示。

（6）在控制面板处的"图层"窗口，单击"CD 光盘"图层，即选中该层。按下 Ctrl 键，再单击"CD 光盘"图层的深蓝色处，则该图层的图形区域被选中。

单击"选择"|"修改"|"收缩"命令。在弹出的"收缩选区"对话框中输入"收缩量"为 25 像素，然后单击"好"按钮。此时，选区向内收缩了 25 像素。

图像素材的编辑处理——*Photoshop CS*

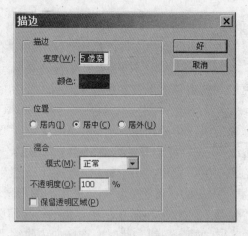

图 2.22 "描边"对话框

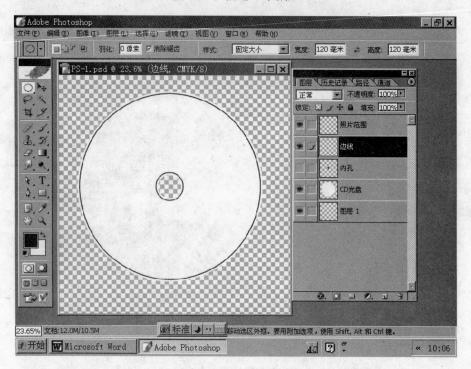

图 2.23 选区边在"边线"层上沿居中被描边了 5 个像素宽度的边线

在"光盘外围轮廓向内收缩 25 像素的选区"存在的条件下，选中"照片范围"层，同时按下 Alt 和←键，则该层选区被填入黑色，同时按下 Ctrl 和 D 键，取消选区，如图 2.24 所示。

（7）打开一个图片文件，如自己的数码照片。单击"选择"|"全选"命令，则在照片的四周出现闪烁的虚线。单击"主菜单栏"上的"编辑"选项，在弹出的菜单中选择"复制"命令。单击照片文件的最小化按钮或者将照片文件关闭。

（8）回到"第二部分"PS-2 文件窗口（即单击该文件窗口，让其在屏幕的最前端显示，此时该窗口最上面的标题栏为深蓝色）。

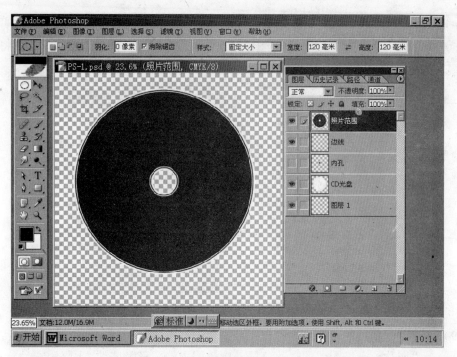

图 2.24　"照片范围"层，光盘外围轮廓向内收缩 25 像素并填入黑色

　　单击"编辑"|"粘贴"命令，则被复制的照片自动在"PS-2 文件"上新建一图层（图层 2）。单击主菜单栏上的"编辑"|"变换"|"缩放"命令。按下 Shift 键（使 X 方向 Y 方向同时缩放），用鼠标左键拖拽照片边沿对角线处的小正方块，调整照片的大小，如图 2.25 所示。调整合适后，按 Enter 键确认。

图 2.25　调整数码照片的大小

图像素材的编辑处理——*Photoshop CS*

如果照片的位置不好确定，则可在"图层"窗口中，将照片所在层的"不透明度"设为 50%，这样便可以看到下一图层，如图 2.26 所示。照片的位置调整完毕后，再将"不透明度"改为 100%即可。

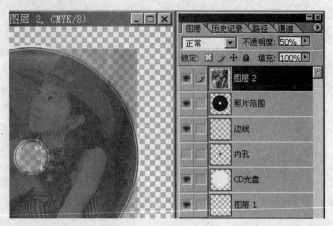

图 2.26　确定照片的位置可将照片所在层的"不透明度"设为 50%

（9）在控制面板处的"图层"窗口，单击"照片范围"图层，选中该图层。按下 Ctrl 键，再单击"照片范围"图层的深蓝色处，则该图层的图形区域被选中。

在保证"照片范围"图层的图形区域被选中的情况下，单击"图层 2"（即照片所在图层），选中该图层。单击"编辑"|"复制"命令。再单击"主菜单栏"上的"编辑"选项，在弹出的菜单中选择"粘贴入"，则系统自动建立"图层 3"，并将刚才"复制"的内容 "粘贴入"图层 3 "照片范围"图层所设定的区域之中。

单击"图层 2"（即照片所在图层）的"眼睛"图标（使该图层不可见）。

（10）在此基础上再使照片背景变暗并加入文字（这一步本例可以不做），其效果如图 2.27 所示。

图 2.27　使照片背景变暗并加入文字后的自制光盘样式

2.3 Photoshop CS 选区类工具和"历史记录"的使用

"选区"是 Photoshop CS 中使用频率很高的一个词汇。因为 Photoshop CS 的一般命令只对所选取的选区有效，而对选区以外的区域则无效。如果未制作选区，则 Photoshop CS 会将整个画面的区域视为选区。选区制作好后，由闪烁着的虚线所包围，提示用户进行操作。

在 Photoshop CS 中，可使用"工具箱栏"最上面的几个工具，对选区进行创建、选择、移动、修改等；用裁切工具可对整个画面进行裁切。

下面将对 Photoshop CS 选区类工具进行具体介绍。

（1）制作简单选区的工具包括区域选区工具、套索工具、魔术棒工具。

分别用区域选区工具、套索工具、魔术棒工具创建选区，如图 2.28 和图 2.29 所示。对于选定的某种选区工具，在工具属性栏上一般还要进行相应参数的设置。

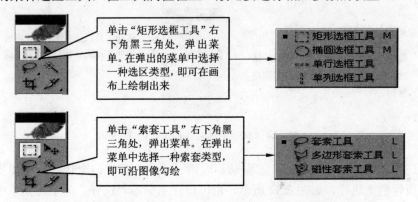

图 2.28 用区域选区工具、套索工具创建选区

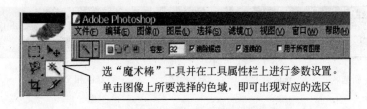

图 2.29 用魔术棒工具创建选区

① 椭圆选区在"实验一"中已经使用过了。这里需要强调的是，如果移动选区，需要选择工具。如果选择了工具，就会把选区剪掉，如图 2.30 所示。

② 多边形索套工具，可以在图像中选取出不规则的多边图形。磁性套索是一种具有可识别边缘的套索工具。可在图像中选出不规则的但图形颜色和背景颜色反差较大的图形。

③ 魔术棒是一个神奇的选取工具。可以用来选取图像中颜色相似的区域，当用魔术棒单击某个点时，与该点颜色相似和相近的区域将被选中，这可以在一些情况下节省大量的精力。通过设定魔术棒的工具属性栏上的容差值，可以控制颜色的相似程度。容差值

图 2.30　分别用矩形框选工具和移动工具移动选区

越大，选择的精度越小，选择的范围相对越大；容差值越小，选择的精度相对高，选择的范围相对小。

（2）移动工具、裁切工具的运用，如图 2.31 所示。

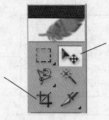

裁切工具：选中该工具，在图片拖动出范围，按 Enter 键，即可实现裁切

移动工具：选中该工具，再选中要移动的目标，拖到规定的位置后松开

图 2.31　移动工具和裁切工具的运用

（3）选区的增加、减少、相交、移动、取消、羽化、反选、全选、修改和变换操作，可在工具属性栏上进行，如图 2.32 所示。也可以在主菜单"选择"的下拉菜单中找到，如图 2.33 所示。

新选区　　　　选区合并　　　　选区相减　　　　选区相交

图 2.32　选区变换

在用 Photoshop CS 进行图像处理时，"历史记录"功能一般都会用到。因为在处理图像时，往往需要多次尝试，才能达到最后满意的效果。而利用"历史记录"功能能快速退回到前面若干步的状态中。

控制面板上的"历史记录"选项卡如图 2.34 所示。如果"历史记录"窗口未显示出来，则需单击主菜单"窗口"选项，在其下拉菜单中单击"历史记录"选项（使"历史记录"选项前面有√），这样便弹出控制面板的"历史记录"窗口。

在"历史记录"窗口中单击到哪一步，图像即可倒退到哪一步，然后即可重新编辑图像，如图 2.34 所示。

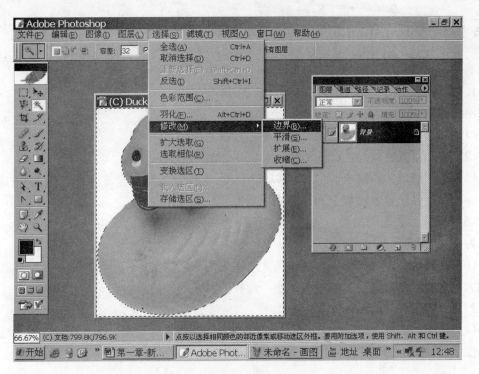

图 2.33 "选择"的下拉菜单

图 2.34 控制面板上的"历史记录"窗口

本小节学习完毕后，进行实验 2-2。

实验 2-2　Photoshop CS 选区类工具和"历史记录"的使用练习（我和小鸭子）

1. 实验要求

熟练掌握以下内容：

（1）用选区工具、套索工具、魔术棒工具创建选区。

（2）移动工具、裁切工具的运用。

（3）选区的增加、减少、相交、移动、取消、羽化、反选、全选、修改和变换的运用。

（4）学会使用控制面板上的"历史记录"。

（5）理解"羽化"概念："羽化"即柔化选择区域的边缘，产生一个渐变过渡，取值范围为 0～255 像素。

（6）理解"容差"概念：容差值的大小决定了选区的大小，也就是选择的精度。容差值越大，选择的精度越小；容差值越小，选择的精度越大。

2. 上机实践操作步骤

（1）单击"文件"|"新建"命令，即可进入"新建"对话框。在"新建"对话框中输入如图 2.35 所示的信息。保存文件，命名为 PS-3。

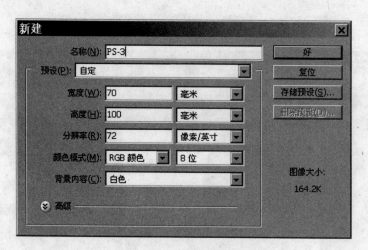

图 2.35　"新建"对话框

（2）单击"文件"|"打开"命令，找到一幅名为 Ducky.tif 的小鸭子图文件（也可以在桌面上单击"开始"|"搜索"|"文件或文件夹"，输入 Ducky.tif 进行查找。一般情况下，也可以搜索到）。单击"魔术棒"工具，在 Ducky.tif 图的白色区域单击一下，则白色区域被选中，如图 2.36 所示。

（3）单击"选择"|"反选"命令，则白色区域之外的区域即被选中。单击"编辑"|"复制"命令。然后将 Ducky.tif 图文件最小化或者关闭。

（4）回到刚建立的 PS-3 文件，单击"主菜单栏"上的"编辑"选项，在弹出的菜单中单击"粘贴"选项，则小鸭子被粘了过来，自动生成一层。单击"主菜单栏"上的"编辑"

选项，在弹出菜单的下拉选项中单击"变换"|"缩放"，按下 Shift 键（保证 X 方向 Y 方向同比例缩放）的同时，用鼠标拖动小鸭子图左上角的小方块，进行大小调整，达到如图 2.37 所示的大小即可，最后按 Enter 键确认。

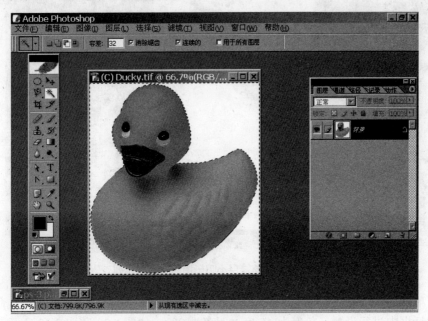

图 2.36　Ducky.tif 图白色区域被选中

图 2.37　调整小鸭子图的大小

（5）按下 Ctrl 键，单击小鸭子所在图层，则小鸭子被选中。再单击"编辑"|"复制"命令，然后再选择"粘贴"命令。重复 2 次，则又自然生成了 2 层小鸭子图层，此时一共 3 层小鸭图层。

要操作哪一图层，就单击哪一图层，使其变为深蓝色。将 3 层小鸭子的大小和位置调整为如图 2.38 所示的效果即可。

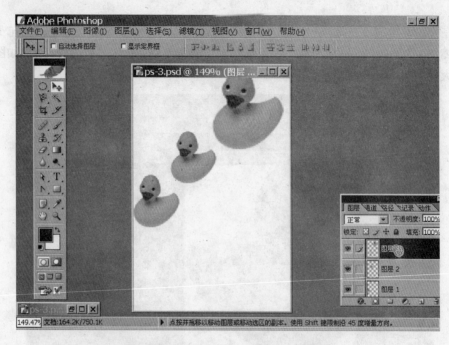

图 2.38　调整 3 层小鸭子图的大小和排列

（6）单击小鸭子所在的最上面图层，再单击"滤镜"|"模糊"|"动感模糊"命令，在弹出的对话框中进行设置（角度为 45 度，距离为 30），如图 2.39 和图 2.40 所示。再单击中间层的小鸭子，施加"滤镜"效果（角度为 45 度，距离为 10）。

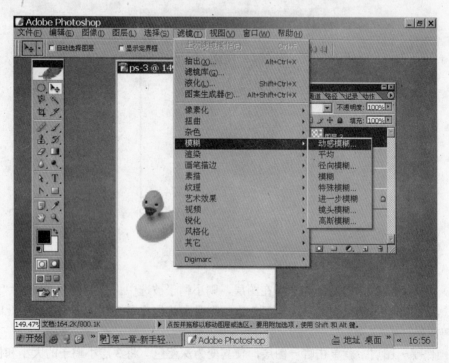

图 2.39　给顶层小鸭子施加滤镜效果

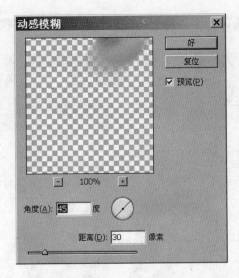

图 2.40　顶层小鸭子滤镜效果参数

（7）再打开一幅人物照片，用椭圆选区选择头部，如图 2.41 所示。单击"选择"|"羽化"命令，在弹出的对话框中设置"羽化"半径为 30 像素，单击"好"按钮，则所选的椭圆选区即被"羽化"。

图 2.41　对照片头部椭圆选区施加羽化效果

单击"编辑"|"复制"命令，然后将所选的人物照片文件最小化或者关闭。

（8）回到 PS-3 文件，单击"编辑"|"粘贴"命令。"羽化"的头像自动建立一层。在图层窗口中，将该层拖拽到所有小鸭子层的下面（先单击该层使其变为深蓝，然后按下鼠标左键不放，将其拖拽到所有小鸭子层的下面后再松开鼠标）。

调整"羽化"的人物头像到适当位置，如图 2.42 所示，则"我和小鸭子"就制作好了。

图 2.42 "我和小鸭子"的最后效果

2.4 Photoshop CS 色彩设置、绘图工具使用、图像调整

1. 前景色和背景色的设置

在 Photoshop CS 中进行色彩设置，往往是从对前景色和背景色的设置开始的。

前景色和背景色工具位于"工具箱栏"中的下部。它是一个最明显并且使用方便的"调色板"，可用它来确定绘图和编辑图所用工具的颜色，如图 2.43 所示。

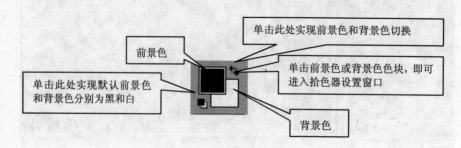

图 2.43 前景色和背景色工具

单击前景色或背景色色块，即可进入拾色器设置窗口，如图 2.44 所示。

拖动该窗口的"颜色导轨和滑块"可对颜色区域进行"粗"范围的选取。在此基础上，再在窗口左边"粗"范围的色域中进行"细"选。如果知道颜色的数值，也可以在该窗口内的"颜色定义区"输入数值来确定所要选取的颜色。

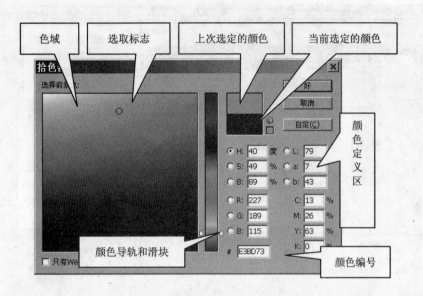

图 2.44 "拾色器"对话框

前景色和背景色除了用拾色器设置外，还可以用吸管、色板等工具进行设置，可参照图 2.45 和图 2.46。

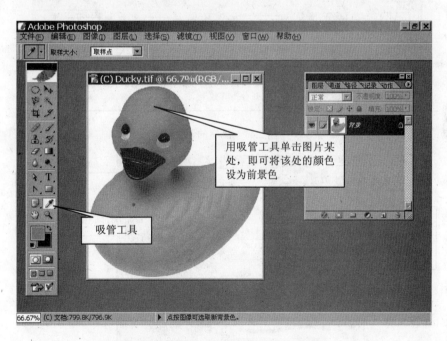

图 2.45 用吸管工具设置前景色和背景色

2．画笔的设置

画笔工具位于"工具箱栏"的中上部。画笔颜色默认为前景色，在"画笔属性"栏上进行属性设置，可以产生不同的画笔效果，如图 2.47 和图 2.48 所示。

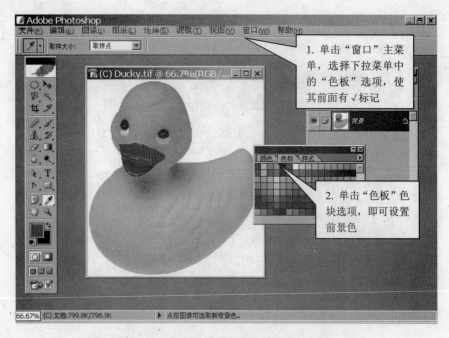

图 2.46　用色板工具设置前景色和背景色

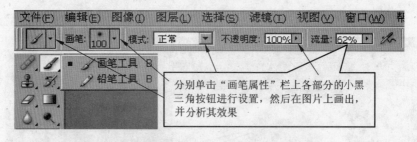

图 2.47　画笔的设置

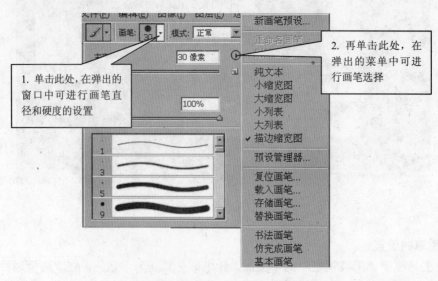

图 2.48　画笔大小硬度类型的设置

用 ✐画笔工具 画出的线条较为柔和，而用 ✐铅笔工具 画出的线条则较为生硬，如图 2.49 和图 2.50 所示。

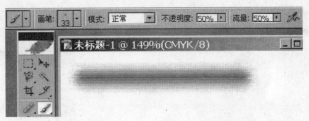

图 2.49　画笔工具（选择自然画笔）画出的线条

图 2.50　铅笔工具与画笔工具画出线条的比较

对于画笔，还要注意"不透明度"和"流量"的设置，如图 2.51 所示。

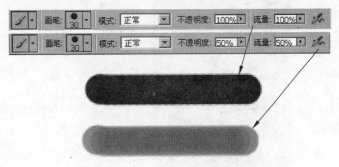

图 2.51　画笔不透明度和流量的设置效果

3. 常用的绘图工具、修图工具

常用的绘图工具和修图工具如图 2.52 所示。

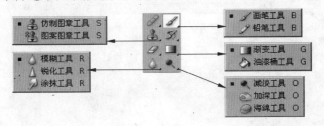

图 2.52　常用的绘图工具和修图工具

（1）选择 ▣仿制图章工具，按下 Alt 键，在左边小鸭子头部单击一下（取样），在右边拖

图像素材的编辑处理——*Photoshop CS*

动鼠标即可将左边小鸭子的图案"仿制"出来，如图 2.53 所示。注意，"工具属性栏"上一定要设置"对齐的"选项。如果未设此项，则只要松开鼠标，就要从头开始"仿制"。

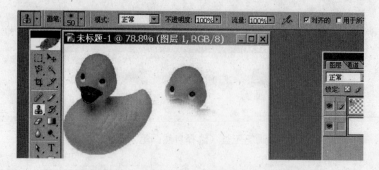

图 2.53　仿制图章工具的"仿制"功能

（2）单击 ![icon]，框选小鸭子。再选择"编辑"｜"定义图案"命令，将定义的图案命名为"小鸭子"。单击选择 ![icon]图案图章工具，在右边拖动鼠标即可将左边的小鸭子以"图案"的方式"画"出来，如图 2.54 和图 2.55 所示。

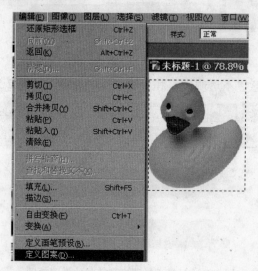

图 2.54　定义图案

图 2.55　使用图案图章画出小鸭子

（3）单击 ![icon]，创建一个选区。再单击工具箱 ![icon]渐变工具，用鼠标在选区中拖拽，会产生如图 2.56 所示的渐变效果。在工具属性栏上，再分别选择 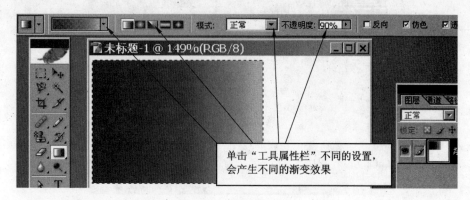（线性渐变）、 ▨（径向渐变）、 ▨（角度渐变）、 ▦（对称渐变）、 ✦（菱形渐变）以及其他相关设置，会产生不同的渐变效果。

图 2.56　使用渐变工具

（4）单击 ▦ 创建一个选区。再单击 ▨油漆桶工具，用鼠标在选区中单击，即可实现选区填充，如图 2.57 和图 2.58 所示。注意在工具属性栏上，填充是选择"前景"还是选择"图案"。

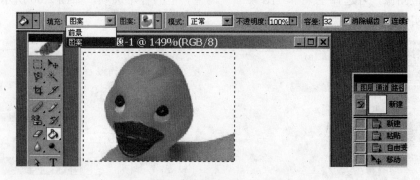

图 2.57　使用油漆桶工具进行"图案"填充

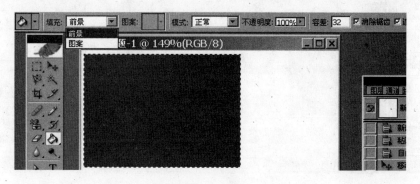

图 2.58　使用油漆桶工具进行"前景"填充

4. 图像调整

图像调整功能主要由主菜单"图像"下的各个选项（如"模式"、"调整"、"图像大小"、

"旋转画布"等）完成，如图 2.59 所示。单击这些选项，即可完成图像调整。

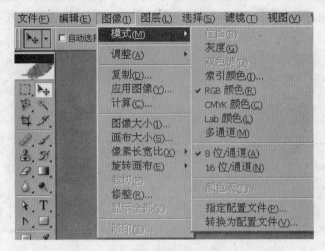

图 2.59　图像模式选择

比如，改变图像模式，选择主菜单"图像"|"模式"下的各个选项，如"灰度"|"RGB 颜色"|"CMYK 颜色"等。

要调整图像，可选择主菜单"图像"|"调整"下的各个选项，如图 2.60 所示。现通过一个具体实例来体会该类选项的功能。

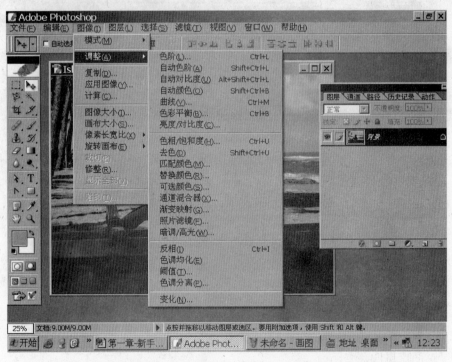

图 2.60　图像调整功能主要由主菜单"图像"|"调整"下的各个选项完成

打开一幅图"海岛小姑娘"，如图 2.61 所示。选择主菜单"图像"|"模式"|"曲线"，将曲线调整为如图 2.62 所示形状。通俗地讲，就是把图像的色调

（从左到右分别为"暗调"区、"中间调"区和"高光"区）都调得亮一些，特别对于"中间调"和"高光"部分，让其更亮一些。调整后，整个画面比原图亮了许多。

图 2.61　海岛小姑娘

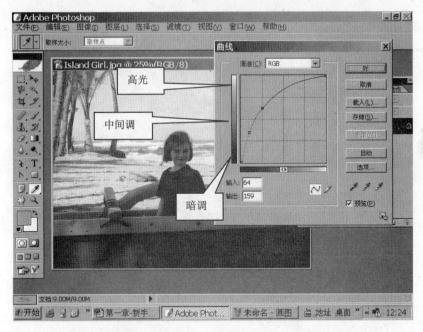

图 2.62　使图像的"暗调"、"中间调"、"高光"部分都调得亮一些

　　另一种情况，将"暗调"、"中间调"、"高光"部分都调得暗一些，如图 2.63 所示。调整后，整个画面比原图还要暗。

　　单击屏幕上某点，它在曲线上色调的位置也可以显现出来，如图 2.64 所示。

　　选择"图像"|"模式"|"色调分离"命令，色阶填入 4，则图像的色彩数量大为降低，很像是水彩画而非照片，如图 2.65 所示。对于其他效果，读者也不妨尝试一下。

图像素材的编辑处理——*Photoshop CS*

图 2.63　使图像的"暗调"、"中间调"、"高光"部分都调得暗一些

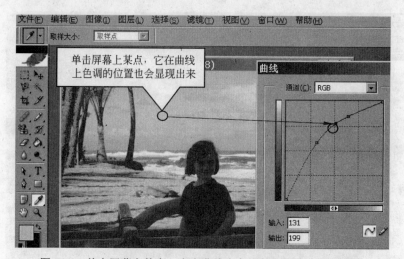

图 2.64　单击屏幕上某点，它在曲线上色调的位置也会显现出来

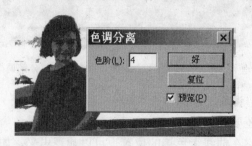

图 2.65　选择色调分离，并选择很低的色阶数值，呈现水彩画或木刻的效果

本小节学习完毕后，进行实验 2-3。

实验 2-3   Photoshop CS 色彩设置、绘图工具使用、图像调整练习（创作一幅背景图）

1. 实验要求

熟练掌握以下内容：

（1）掌握前景色和背景色的设置。

（2）掌握画笔的设置。

（3）熟悉常用的绘图工具、修图工具。

（4）熟悉图像调整的常用方法。

2. 上机实践操作步骤

（1）在 Photoshop CS 中新建一个文件，如图 2.66 所示。

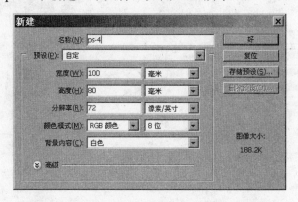

图 2.66   新建一个文件

（2）单击前景色，将 RGB 设置为：0、147、239。再选择主菜单"滤镜"|"渲染"|"彩云"命令，则效果如图 2.67 所示。

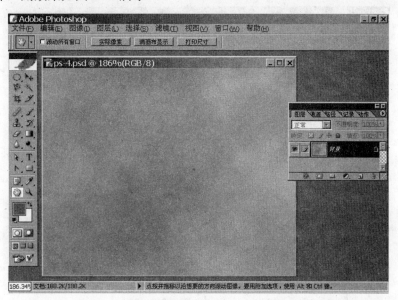

图 2.67   选择"滤镜"|"渲染"|"彩云"命令来创作蓝天白云

图像素材的编辑处理——*Photoshop CS*

（3）选择画笔工具（浅黄色：RGB 设置为 255、247、153），在画面上部画出浅黄色的光。注意在"工具属性栏"设置流量和半透明效果，如图 2.68 和图 2.70 所示。

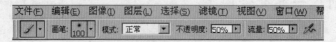

图 2.68　画浅黄色光的画笔设置

（4）选择画笔工具（绿色：RGB 设置为 7、151、85），在画面下部画出绿地，如图 2.69 和图 2.70 所示。

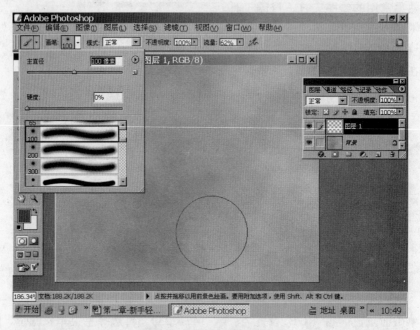

图 2.69　选择画笔画绿地

图 2.70　画出阳光、绿地绿草

（5）选择铅笔工具（主直径分别选择 10 和 5 像素，绿色），如图 2.71 所示。在画面下部已画出绿地的部分上再画一些绿草，如图 2.70 所示。

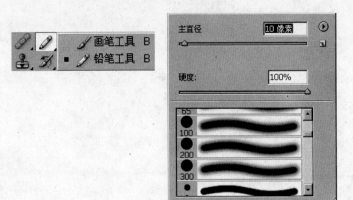

图 2.71　设置铅笔工具

（6）新建一个图层，用椭圆选区画出太阳，如图 2.72 所示。

图 2.72　在阳光、绿地绿草上画出太阳

（7）选择一幅风景画，粘贴进来，如图 2.73 所示。

（8）选择工具箱中的 △. "锐化"工具对树的近距离部分进行锐化，使其更清晰。再选择"涂抹"工具，对风景图进行涂抹，如图 2.74 所示。

（9）还可以选择工具箱中的 减淡工具、 加深工具以及 仿制图章工具对图像进行进一步的处理，最后画出更为奇妙的背景。

41

图 2.73　粘贴一幅风景画

图 2.74　在风景画层加入锐化、涂抹效果

2.5　Photoshop CS 路径、钢笔、文字工具的使用

1. 路径工具

　　Photoshop CS 可将路径绘制为矢量轮廓。矢量轮廓是根据贝赛尔曲线理论进行设计的（所谓贝赛尔曲线是由 3 点组合定义而成的，其中 1 点在曲线上，另外 2 点在控制手柄上，通过改变 3 个点即可改变曲线的方向和平滑度）。

　　控制面板上的"路径"窗口和菜单如图 2.75 所示。在该窗口中可以进行选择路径、取消路径、建立新路径、保存路径、复制路径、删除路径、将选区转换为路径、将路径转换为选区、填充路径、描边路径、剪贴路径等操作（具体操作请参考后面的"实验 2-4"）。

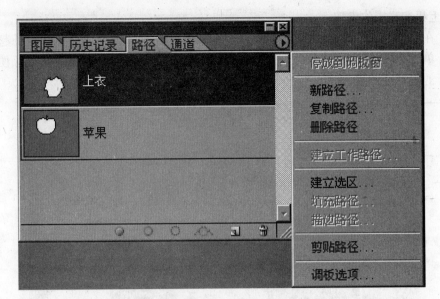

图 2.75　控制面板上的"路径"窗口和菜单

路径通常使用工具箱中的 钢笔工具、 自由钢笔工具和"形状" 工具等进行创建。第 1 次绘制的路径往往很粗糙，需要进一步编辑和修整。常用的编辑和修整工具为 直接选择工具，通过移动锚点（或叫节点）使路径更加精确。也可以用 添加锚点工具、 删除锚点工具、 转换点工具来编辑路径。

2．钢笔工具

钢笔工具是最主要的路径创建工具，利用该工具可以绘制精确的直线和平滑流畅的曲线线段，这两种线段可以混合连接。

自由钢笔工具只需按住鼠标在图像上随意拖动即可。在拖动时会自动沿鼠标经过的路线生成路径和锚点（或叫节点）。

3．文字工具

单击工具箱中的文字工具： 横排文字工具 或 直排文字工具（文字旋转–90 度），文字颜色默认为前景色，在屏幕画布上输入文字，系统自动建立一个文本层。

选择 横排文字蒙版工具或 直排文字蒙版工具，可输入横排或文字旋转–90 度的选区，但系统不建立新层。

另外要注意的是，选择文字工具后，还要对"工具属性栏"的参数进行设置，也可以使用其上的"创建变形文本"功能，具体操作请参考后面的"实验 2-4"。

本小节学习完毕后，进行实验 2-4。

实验 2-4　Photoshop CS 路径、钢笔、文字工具的使用练习

（作一幅可爱的海岛小姑娘图）

1．实验要求

熟练掌握路径工具、钢笔工具和文字工具常用功能的使用。

2．上机实践操作步骤

（1）在 Photoshop CS 中，打开前面曾经用到的"海岛小姑娘"原始图，另外起名字保存一下。单击工具箱按钮 ，对该图进行裁切，如图 2.76 所示。双击 工具，使图片以适合屏幕的最佳大小显示。

图 2.76　裁切图片

（2）选择"窗口"|"路径"命令，使其前面有√标记。再在屏幕右边的控制面板中，选择"路径"标签，使其为"路径"窗口。单击"路径"窗口最右边的小黑三角按钮，选择"新路径"选项，如图 2.77 所示。在弹出的"新路径"对话框中，将新路径另外命名为"上衣"，然后单击"好"按钮。

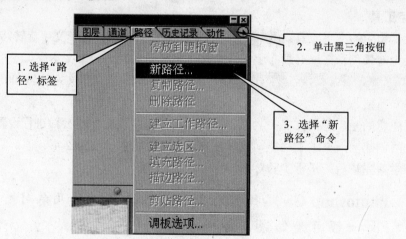

图 2.77　新建路径

（3）单击 工具，沿小姑娘穿的暗红色上衣边沿进行点击(注意需稍加拖拽，让贝赛尔曲线的控制手柄出现），勾画出上衣的轮廓路径，如图 2.78 所示。

图 2.78　用钢笔工具画出路径

再单击工具箱"钢笔工具"上方的 ▶ 直接选择工具 （注意不要选 ▶ 路径选择工具，如果是"路径选择工具"，则需单击其右下角的黑三角按钮，在弹出选项中选"直接选择工具"），在刚画好的"上衣"路径上单击一下，则该路径出现锚点（节点）。用"直接选择工具"移动路径的锚点（节点）使其更加精确，如图 2.79 所示。

图 2.79　使用直接选择工具精确修整路径

（4）在控制面板的"路径"窗口上，单击"上衣"路径，将其拖拽到面板最下面的"将路径作为选区载入"的按钮图标上，则该路径变为选区，如图 2.80 所示。

图 2.80　路径变为选区

（5）小姑娘原来穿的是暗红色上衣，现在准备将暗红色上衣变为绿色上衣。操作如下：选择"图像"|"调整"|"替换颜色"命令，进入"替换颜色"对话框，如图 2.81 所示。

图 2.81　"替换颜色"对话框

（6）用鼠标在暗红色上衣的选区中单击一下，再把"颜色容差"设为 180，"色相"设为 115，如图 2.82 所示。

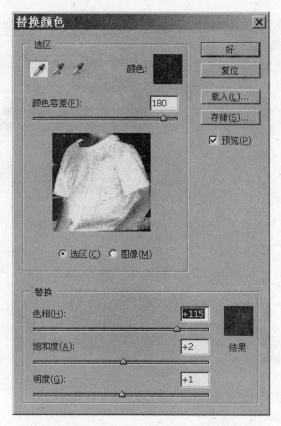

图 2.82 使红色上衣变为绿色上衣的参数设置

再单击"好"按钮，则红色上衣变为绿色上衣，如图 2.83 所示。

图 2.83 使红色上衣变为绿色上衣

（7）在控制面板的"图层"窗口上，新建一个图层，系统自动命名为"图层1"。单击"背景"层眼睛图标，使该层不可见。

再在控制面板的"路径"窗口上，新建一个路径，命名为"苹果"。用"钢笔"工具在"画布"上画出一个苹果的直线雏形，如图2.84所示。

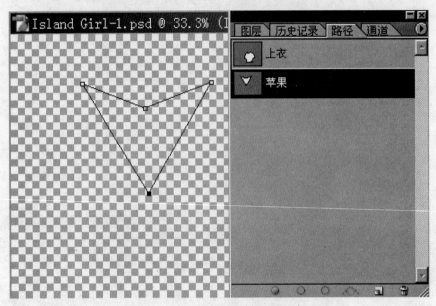

图2.84　画出一个苹果的直线雏形

（8）单击"钢笔"工具右下角的黑三角按钮，选择节点转换工具 ，拖拽苹果路径直线雏形上的3个节点，如图2.85所示。

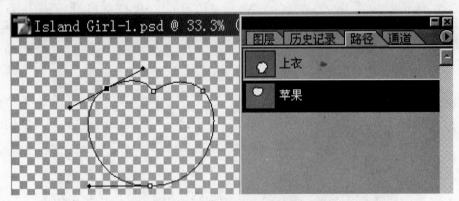

图2.85　对苹果的直线雏形进行节点转换

（9）再用"钢笔"工具画出苹果柄，用 工具对苹果路径进行修整，如图2.86所示。

将"苹果路径"变为选区。在控制面板的"图层"窗口上，单击"背景"层眼睛图标处，使该层可见。选中"图层1"，选择工具箱渐变工具，在"工具属性栏"上选择"红到绿的渐变"和"径向渐变"，如图2.87所示。如果没有"红到绿的渐变"，则可选择其他渐变效果代替。

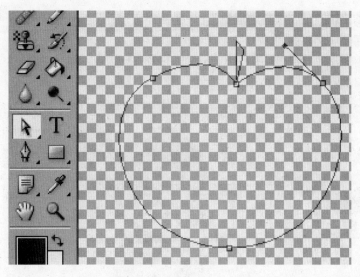

图 2.86　对苹果路径进行修整

图 2.87　对苹果路径进行红到绿的径向渐变

（10）用渐变工具在苹果选区的中部水平划一下，要求穿过苹果选区的左右两边，则一个绿里透红的苹果便显现出来了，如图 2.88 所示。按组合键 Ctrl + D，取消苹果选区。

图 2.88　绿里透红的苹果

（11）选中"图层 1"，选择"编辑"|"变换"|"缩放"命令。按下 Shift 键，用鼠标将苹果沿 X 方向和 Y 方向同时变小，按 Enter 键确认。

按 Ctrl 键的同时，单击图层 1，则图层 1 中苹果被选中。按下 Alt 键，水平拖动被选中的苹果选区到新的位置，然后松手，一个苹果便被复制出来。用同样的方法再复制出两个苹果，如图 2.89 所示。按组合键 Ctrl + D 取消苹果选区。

图 2.89 复制苹果

（12）单击工具箱 T 文字工具，选择大红色，输入文字 ISLAND GIRL 如图 2.90 所示。

图 2.90 输入文字

（13）单击"工具属性栏"的 图标，在弹出的"变形文字"对话框中选择如图 2.91 所示的变形样式和参数，单击"好"按钮确认。

图 2.91　设置变形文字参数

（14）按下 T 工具，选中文字 ISLAND GIRL，选择"编辑"|"变换"|"缩放"命令，按下 Shift 键，拖动鼠标，将文字沿 X 方向和 Y 方向同时变大，按下回车键确认，如图 2.92 所示。

图 2.92　放大变形文字参数

51

第 2 章

图像素材的编辑处理——Photoshop CS

（15）选择"图层"|"图层样式"命令，在弹出的"图层样式"对话框中分别设置"外发光"以及"斜面和浮雕"效果，如图 2.93～图 2.96 所示。

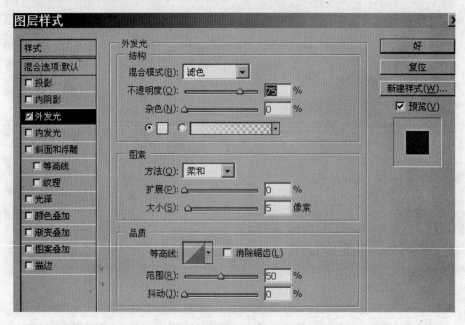

图 2.93　文字图层样式"外发光"设置

图 2.94　文字图层样式"外发光"效果

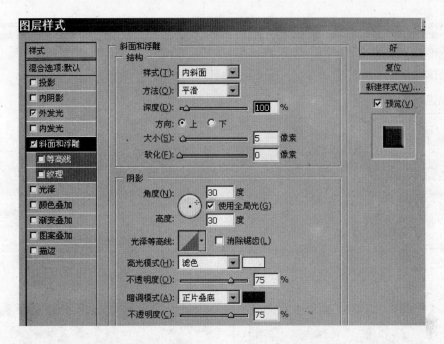

图 2.95 文字图层样式"斜面和浮雕"设置

图 2.96 文字图层样式"外发光"和"斜面和浮雕"效果

2.6 Photoshop CS 通道、蒙版、滤镜的使用

1. 通道

在 Photoshop CS 软件中，通道的主要功能是保存图像的颜色信息、保存蒙版以及保存用户自建的通道样式等。

如果图像是 RGB 模式，则通道分别保存图像的 R 颜色、G 颜色、B 颜色和合成的 RGB 颜色，如图 2.97 所示。

如果图像是 CMYK 模式，则通道分别保存图像的 C 颜色、M 颜色、Y 颜色、K 颜色以及合成的 CMYK 颜色，如图 2.98 所示。

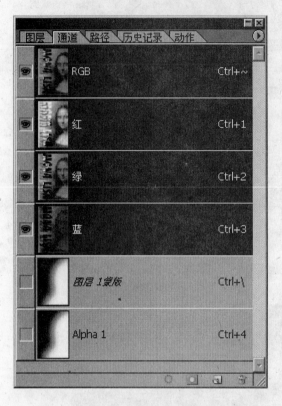

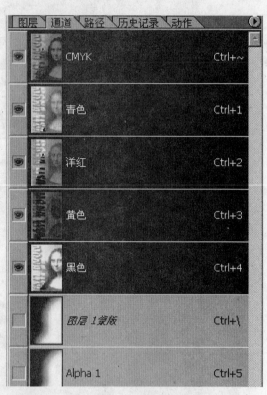

图 2.97　通道保存图像的 RGB 颜色信息、　　　图 2.98　通道保存图像的 CMYK 颜色
　　　蒙版以及用户自建的通道样式　　　　　　　信息和蒙版以及用户自建的通道样式

单击控制面板"通道"窗口右边的黑三角按钮，可选择通道的一些操作功能，如图 2.99 所示。

2．蒙版

在 Photoshop 软件中，"蒙版"可以简单地理解为在原图上面蒙了一层透明、半透明或者不透明的版。一般认为蒙版中白色为"全透明"（底层图像全部透出）；蒙版中灰色为"半透明"（底层图像朦胧透出）；蒙版中黑色为"不透明"（底层图像不透出），如图 2.100 所示。蒙版可转换为选区。

3．滤镜

在 Photoshop 软件中，滤镜可以快速实现许多令人惊叹的特殊效果。有些效果用手工实现费时费工，而有些效果则是手工无法实现的。使用滤镜功能可通过单击主菜单"滤镜"选项，在其下拉选项中选取所需要的功能，如图 2.101 所示。

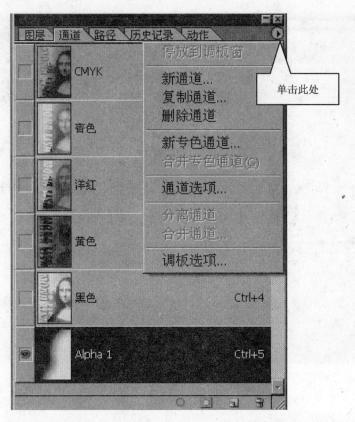

图 2.99 单击"通道"窗口右边的黑三角按钮，可选择通道的一些操作功能

图 2.100 左图在图层 1 上未添加蒙版，右图在图层 1 上添加了蒙版。

下面介绍 Photoshop 的几种常用的滤镜功能。

（1）"抽出"滤镜：可以将边缘复杂的对象从背景中简单快捷地提取出来。

（2）"液化"滤镜：可以对图像进行一个比较自然的任意变形操作，产生扭曲、旋转、膨胀、萎缩等效果。

图 2.101　"滤镜"下拉菜单

（3）"图案生成器"滤镜：通过简单的图像区域的选区，制作图案样式的新图像文件。

（4）"扭曲"滤镜：可以对图像进行各种扭曲和变形处理。

（5）"杂色"滤镜：可以在图像中随机添加或减少杂色，这种杂色效果是通过添加像素点来实现的。

（6）"模糊"滤镜：主要作用是削弱相邻像素间的对比度，达到柔化图像的效果。

（7）"渲染"滤镜：可以制作云彩效果、光照效果。

（8）"画笔描边"滤镜：运用不同的画笔和油墨能够创造出类似绘画的描边效果。

（9）"素描"滤镜：给图像添加纹理、模拟素描等艺术效果。

（10）"纹理"滤镜：可以制作出特殊的纹理或材质效果。

（11）"艺术效果"滤镜：可以绘制出精美艺术品或商业项目的绘画效果或特殊效果。

（12）"锐化"滤镜：可以增加像素间的对比度，使图像变得更加清晰。

（13）"风格化"滤镜：通过置换像素和通过先查找再增加图像的对比度单元格中颜色值相近的像素结成块来重新描绘图像。

滤镜应用于当前可见的有色图层。滤镜不能应用于位图模式、索引颜色模式、48 位 RGB 模式的图像。滤镜的某些功能只对 RGB 模式的图像起作用，对于 CMYK 模式的图像则不起作用。

本小节学习完毕后，进行实验 2-5。

实验 2-5 Photoshop CS 通道、蒙版、滤镜的使用练习 （制作一幅蒙娜丽莎的广告画）

1. 实验要求

熟练掌握通道、蒙版和滤镜常用功能的使用。

2. 上机实践操作步骤

（1）在 Photoshop CS 中新建一个文件，如图 2.102 所示。

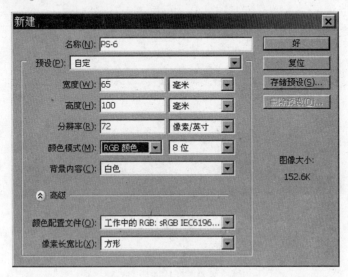

图 2.102 "新建"对话框

（2）单击前景色，选择 RGB 为：240、197、93。再选择"滤镜"|"渲染"|"彩云"命令，则效果如图 2.103 所示。

图 2.103 使用"滤镜"|"渲染"|"彩云"命令后的效果

（3）在主菜单中选择"滤镜"|"液化"命令，进入"液化"对话框，拖动鼠标在图像上进行旋转，如图 2.104 所示。

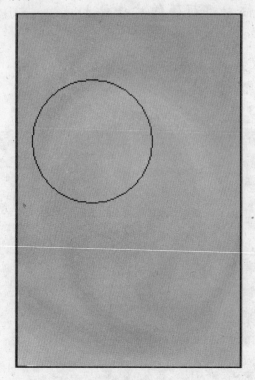

图 2.104　拖动鼠标在图像上进行旋转

（4）粘贴一幅 Mona Lisa（蒙娜丽莎）的图片，如图 2.105 所示。

图 2.105　粘贴一幅 Mona Lisa 的图片

（5）在控制面板的"路径"窗口，建立一个新路径，命名为"蒙娜丽莎"，用"钢笔工具"勾画出"蒙娜丽莎"肖像外形的边像，即制作出路径。注意在制作路径时，拖拽出贝赛尔曲线后，按下 Alt 键的同时单击刚画出的节点，可以去掉后边的调节手柄，这样便于勾画下一笔，如图 2.106 和图 2.107 所示。路径画好后，将该路径变为选区。

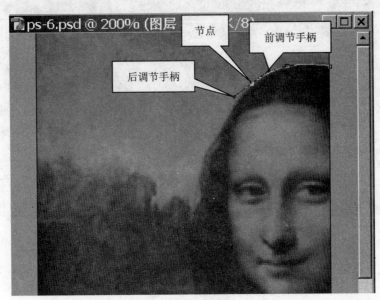

图 2.106　由右向左创建路径，未按下 Alt 键

图 2.107　由右向左创建路径，按下 Alt 键去掉后边的调节箭头

（6）选择主菜单"窗口"选项，再选择其下拉菜单中的"通道"选项，使其前面有√标记，在"控制"面板上选择"通道"标签（打开通道窗口），单击右边的黑三角按钮，建

立一个新通道，如图 2.108 所示。

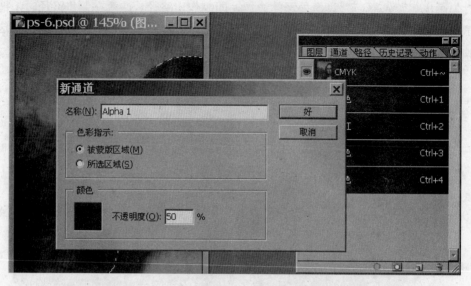

图 2.108　建立一个新通道

（7）在这个新通道上，"蒙娜丽莎"路径所创建的选区依然存在。选择"选择"|"修改"|"扩展"命令，在弹出的对话框中输入"扩展量"为"20"像素。单击"好"按钮进行确认。

（8）再选择主菜单"选择"|"羽化"命令，在弹出的对话框中输入"羽化半径"为"20"像素，单击"好"按钮进行确认。在保证前景色为"白色"的条件下，按下组合键 Alt＋←，对选区填入白色，如图 2.109 所示。

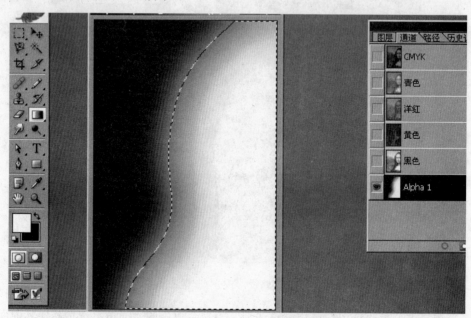

图 2.109　对扩展和羽化后的通道填入白色

在"通道"窗口上单击"图层"标签，回到"图层"窗口，如图 2.110 所示。

图 2.110　回到"图层"窗口

（9）选中"图层 1"，再选择"图层"|"添加图层蒙版"|"显示选区"命令，则该层被添加上图层蒙版，效果如图 2.111 所示。

图 2.111　添加图层蒙版后的效果

图像素材的编辑处理——*Photoshop CS*

（10）用 ✍（吸管工具）在 Mona Lisa 的头发处单击一下，使其颜色为"前景色"。再单击 **T**（横排文字工具）右下角的黑三角按钮，在弹出选项中选择 **|T**（直排文字工具）。在画布上输入文字 MONA LISA，系统会自动建立一个文本层，如图 2.112 所示。

图 2.112　添加直排文字

（11）选中文本层（MONA LISA），再单击"图层"窗口右边的黑三角按钮，在弹出的菜单中选择"复制图层"命令，则该文本层又复制出"MONA LISA 副本"层，如图 2.113 所示。

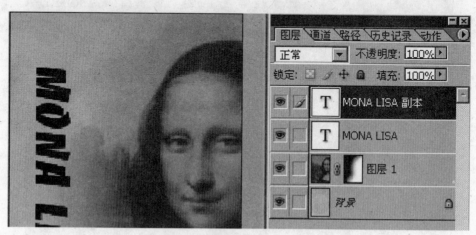

图 2.113　复制文本层

（12）选中 MONA LISA 文本层。再选择"编辑"|"变换"|"缩放"命令，对该层文本进行缩放，如图 2.114 所示。

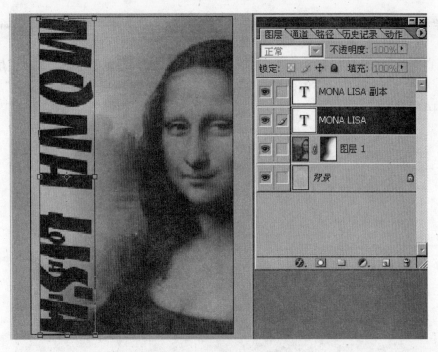

图 2.114　对文本进行缩放

（13）选中 MONA LISA 文本层。在控制面板的"图层"标签"图层"二字的下方单击"正常"字样右侧的黑三角按钮，在弹出的菜单中选择"叠加"选项，其效果如图 2.115 所示。

图 2.115　图层间效果由"正常"改为"叠加"

再给该层添加图层效果。选择"图层"|"图层样式"|"投影"命令,其效果如图 2.116 所示。

(14) 选中 MONA LISA 副本层,将该层文本放大,再在"图层"标签"图层"二字的下方,单击"正常"字样右侧的黑三角按钮,在弹出的菜单中选择"实色混合",其效果如图 2.116 所示。

图 2.116   改变图层间效果和添加图层样式

2.7   将 Photoshop 设计的图片处理为网页图片

如果要将设计好的 Photoshop 作品或者是用数码相机拍的照片或者是用扫描仪扫描输入的照片图片在互联网上展示或者传送给朋友,一般要先将这些照片图片处理一下才行。因为照片图片要在互联网上传送,其文件不能太大,否则就会传的速度很慢甚至不能传送。

举一个例子,说明最简单的一种处理方法。

(1) 在 Photoshop 中打开一张要传送的照片。单击"图像"|"图像大小"命令,即可进入"图像大小"对话框,如图 2.117 所示。

(2) 可以看出这张照片的精度较高,用于打印或印刷效果很好。但是用于网上传输,文件就太大了。所以要减小尺寸和降低精度,使文件变小。具体作法是:在"图像大小"对话框的"宽度"栏中填入 10,这时对话框中的其他值也随之改变了,如图 2.118 所示。可看到"高度"栏自动变为 15,这是因为"宽度"和"高度"是关联的(即相互约束的),它们之间有符号 🔗(如果不想"相互约束",则可单击"图像大小"对话框左下角的"约束比例",去掉前面的 √ 标记即可。不过最好不要去掉)。单击"好"按钮后,照片的尺寸变小了,文件所占空间也变小了,如图 2.118 所示。这时最好双击 ✋ 图标,使照片以恰当的

大小显示，注意检查照片的清晰度，如果照片变得不清晰，则需要撤销刚才的操作，重新
设定尺寸。

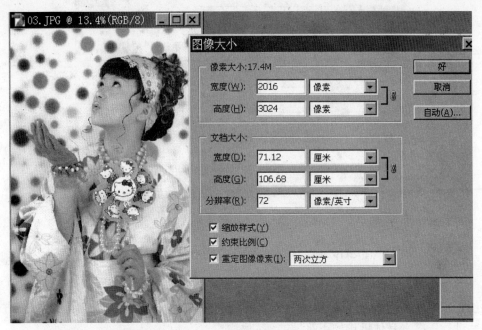

图 2.117 "图像大小"对话框

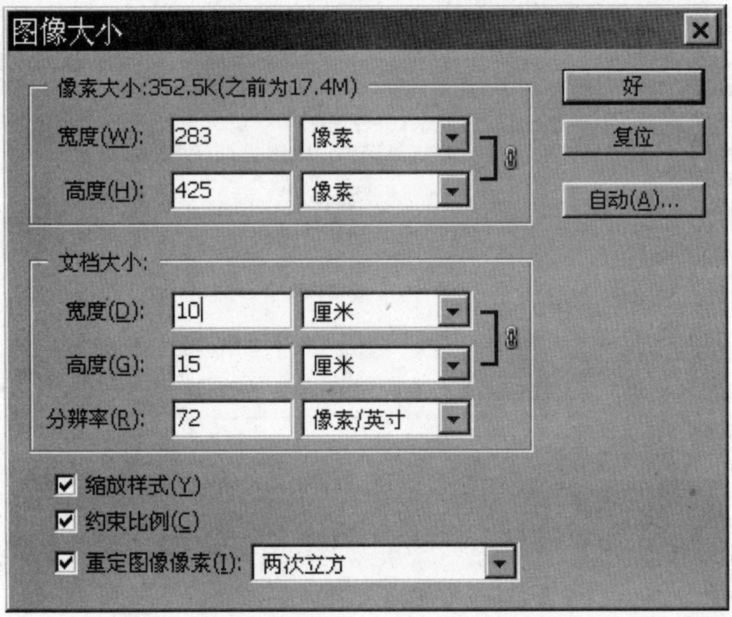

图 2.118 照片尺寸变小了，照片文件也随之变小

（3）也可以通过降低照片的"分辨率"来减小文件所占的空间大小。具体操作
如下：在"图像大小"对话框的"分辨率"栏中填入 36，这时文件像素变少，如图 2.119
所示。

图像素材的编辑处理——Photoshop CS

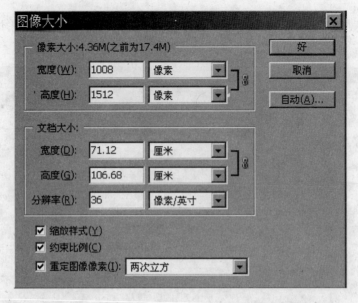

图 2.119　照片分辨率变小了，照片文件也随之变小

（4）无论通过减小照片尺寸的方法，还是通过减小照片"分辨率"的方法来减小照片文件的大小，或者两种方法都采用，最后在保存文件时，一般还要选 JPEG 格式，进一步对文件进行压缩。具体操作如下：

单击"文件"|"存储为"命令，即可进入"存储为"对话框，将文件格式选择为 JPEG，如图 2.120 所示。

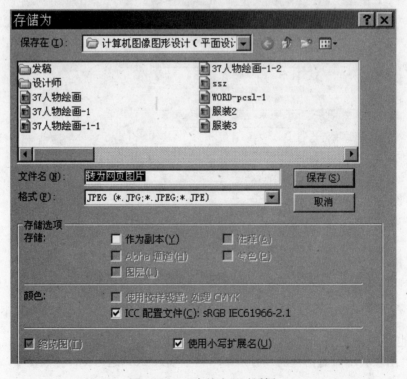

图 2.120　"存储为"对话框

单击"保存"按钮，系统会弹出"JPEG 选项"对话框。对该窗口进行进一步设置，选择一种合适的压缩品质，如图 2.121 所示。单击"好"按钮，文件可进一步变小。

一般文件在 100KB 以下，传输就基本上没有什么问题了。

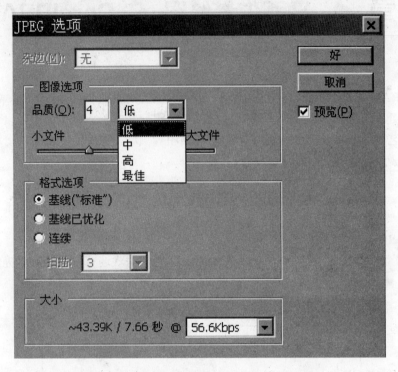

图 2.121 在"JPEG 选项"对话框中进行设置

思 考 题

1. Photoshop CS 对图层的基本操作有哪些？常用的图层样式有哪些？
2. 什么是 Photoshop CS 的"选区"？制作简单选区的工具包括哪些？
3. 如何使用 Photoshop CS 的"历史记录"功能？
4. 什么是 Photoshop CS 的前景色和背景色工具？
5. Photoshop CS 中如何设置画笔？
6. Photoshop CS 中常用的绘图工具、修图工具有哪些？
7. Photoshop CS 主菜单"图像"|"调整"下的选项有哪些？
8. 什么是贝赛尔曲线？
9. Photoshop CS 中钢笔工具的主要功能是什么？
10. 在 Photoshop CS 中如何使用文字工具？
11. Photoshop CS 中通道和蒙版的主要功能是什么？
12. Photoshop CS 中几种常用的滤镜功能是什么？

第3章 | 平面矢量绘图——CorelDRAW

CorelDRAW 由加拿大 Corel 公司研制，是世界一流的平面矢量绘图软件。它广泛地应用于绘制和处理计算机矢量图形、图文混合排版和印前合成输出、平面广告设计、印刷包装设计、工艺美术设计、绘制书籍杂志、图形插图等领域，深受专业设计人士和普通设计爱好者的喜爱。

3.1　熟悉 CorelDRAW 主窗口界面

1. CorelDRAW 欢迎窗口

第一次运行 CorelDRAW 时，会出现如图 3.1 所示的欢迎窗口。该窗口提供了如下 6 个选项。

图 3.1　CorelDRAW 欢迎窗口

（1）新图形：单击此项可以创建一个新图形。

（2）打开上次编辑的图形：单击此项，可以打开上次编辑过的文件（在这个图标上方显示上次编辑图形文件的名称）。

（3）打开图形：单击此项可打开已经存在的图形文件。

（4）模板：单击此项可以打开 CorelDRAW 所准备的绘图模板。

（5）CorelTUTOR（Corel 教程）：单击此项可以启动教程。

（6）新增功能：介绍了 CorelDRAW 新版本的新功能。

如果在以后使用 CorelDRAW 时不希望出现欢迎窗口，可以将左下角的"启动时显示这个欢迎屏幕"前面的 √ 标记去掉。

2．CorelDRAW 主窗口介绍

关闭 CorelDRAW 欢迎窗口后，即可进入 CorelDRAW 主窗口，如图 3.2 所示。该窗口主要包括 9 个部分，请务必看清楚这 9 个部分所在的位置。

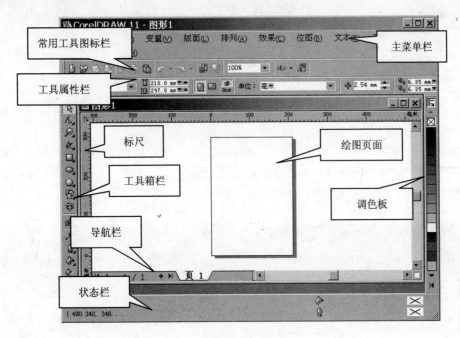

图 3.2 新图形文件窗口

（1）主菜单栏：其上有 11 个主菜单选项，如"文件"、"编辑"等。单击某个主选项，便会弹出下拉的分选项（又叫下拉菜单选项）。

（2）工具箱栏：包括各种绘图和编辑图的工具。要使用一种工具，首先需要单击它，使它呈现被选中状态。然后还要在"工具属性栏"中设置其参数。

（3）工具属性栏：显示和编辑被选中工具的参数设置。

（4）常用工具图标栏：显示常用工具的图标。

（5）绘图页面：正式绘图的区域。

（6）调色板：调色板系统默认时位于工作区的右边，利用调色板可以快速选择轮廓色和填充色。

（7）导航栏：在导航器中间显示的是文件当前活动页面的页码和总页码，可以通过单击页面标签或箭头来选择需要的页面，适用于进行多文档操作时。

（8）状态栏：在状态栏中将显示当前工作状态的相关信息，如：被选中对象的简要属性、工具使用状态提示及鼠标坐标位置等信息。

（9）标尺：标尺是精确制作图形的一个非常重要的辅助工具，它由水平标尺和垂直标尺组成。当用户需要将图形放置在精确的位置或缩放成固定的大小时，就会使用到标尺。

本小节学习完毕后，进行实验 3-1 和实验 3-2。

实验 3-1   初识 CorelDRAW（制作三朵小花）

1．实验要求

（1）初识 CorelDRAW 窗口，重点记忆 CorelDRAW 主窗口 9 个部分所在的位置。

（2）学会新建和保存文件。

（3）对 CorelDRAW 进行初步的操作尝试。

2．上机实践操作步骤

（1）单击如图 3.1 所示的"欢迎窗口"中的"新图形"图标，即可进入新图形文件窗口。

单击主菜单栏中的"文件"|"保存"或"另存为"命令，系统将弹出"保存绘图"对话框，如图 3.3 所示。在该对话框中输入保存文件的名字、类型、路径等，最后单击"保存"按钮确认，对话框窗口关闭。

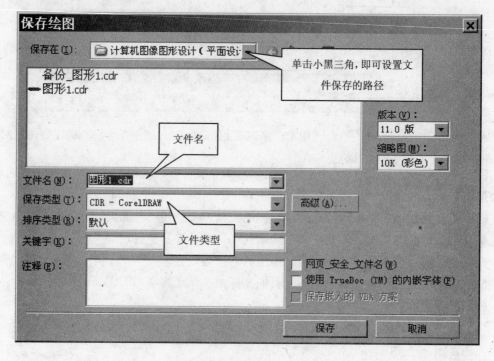

图 3.3 "保存绘图"对话框

（2）在新图形文件的窗口上，单击工具箱上的画椭圆工具图标 ，然后将鼠标移到绘图页面处，鼠标指针变为十字状。在绘图页面上按下鼠标左键并拖动，到达满意处松开鼠标左键，即可画出椭圆，如图 3.4 所示。

可以看到所画椭圆的四周出现了 8 个小黑方块（表示被选中），用鼠标拖动这些小黑方块可以改变椭圆的大小。

（3）按照如图 3.4 所示的步骤（1）、（2）、（3），进行操作。

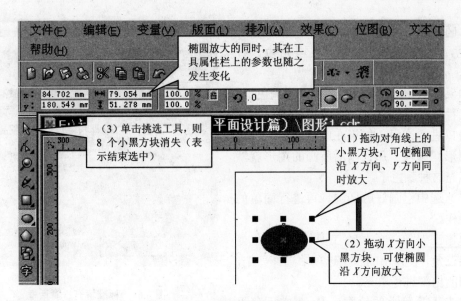

图 3.4 改变椭圆的大小

（4）单击工具箱上的缩放工具图标，光标变为　形状。此时单击绘图页面，可使绘图页面局部放大。单击　图标右下角处的小黑三角，在弹出的两个选项　中选，然后在绘图页面上拖动鼠标，可对绘图页面进行局部区域的平移。

按照如图 3.5 所示，再单击"工具属性栏"上的　（按页面显示图标），使绘图页面大小恢复到初始大小状态。还可以单击"缩放工具属性栏"上的其他各个选项图标，对绘图页面大小进行更加全面的设置。

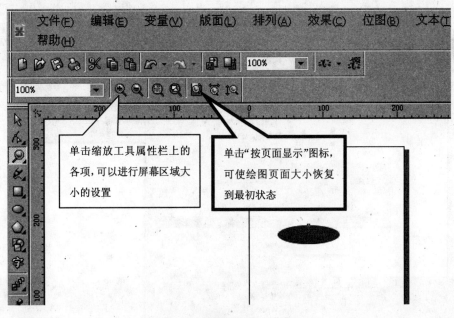

图 3.5 屏幕区域大小的设置

（5）单击工具箱挑选工具　图标，结束缩放工具的使用。单击绘图页面上已经画好的

椭圆，椭圆的四周又出现了 8 个小黑方块，表示被选中。单击窗口右边"调色板"上的某
种颜色，则被选中的椭圆即被填充为该种颜色。

如果什么图形也没有选就单击"调色板"上的某种颜色，则系统会弹出如图 3.6 所示的对话窗口进行询问。如果在此对话窗口中选择"图形"选项，那么以后所画的图形就默认为填充这种颜色了。

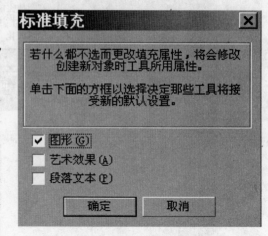

图 3.6　"标准填充"对话框

（6）选中已画好的椭圆，再进行简单的尝试操作。

单击工具箱上的填充工具 右下角处的小黑三角，在弹出的各个选项中选择一个，对椭圆的内部进行填充。

单击工具箱上的轮廓工具 右下角处的小黑三角，在弹出的各个选项中选择一个，对椭圆轮廓的颜色粗细等进行设置。

（7）选中已画好的椭圆，单击"窗口" | "泊坞窗" | "变换" | "旋转"命令，打开"变换"对话框窗口如图 3.7 和图 3.8 所示。

按照图 3.8 所示的步骤（1）、（2）、（3）、（4），进行操作，使"花瓣"形成"花"。

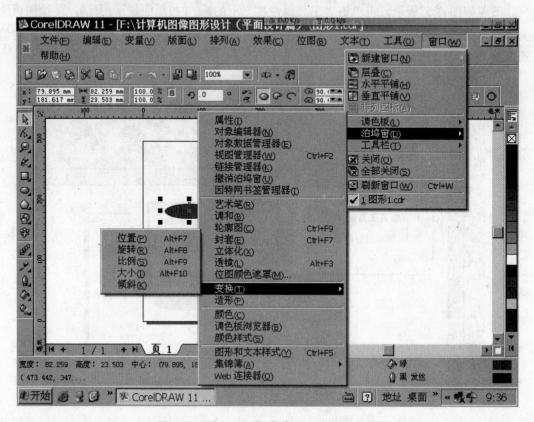

图 3.7　"窗口" | "泊坞窗" | "变换"命令

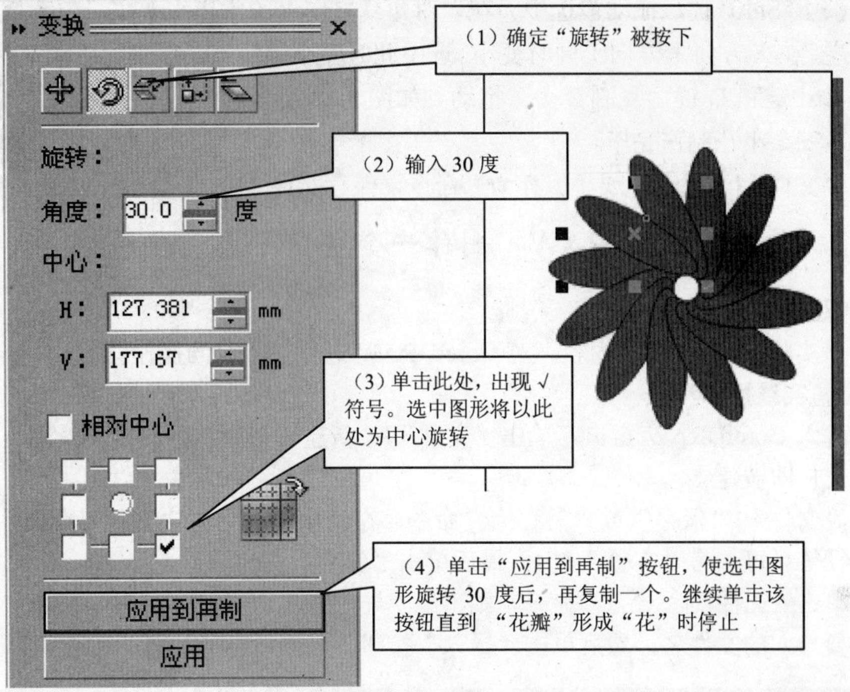

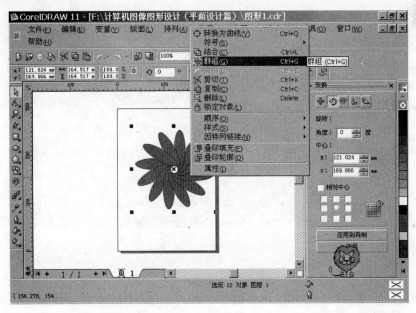

图 3.8 "花瓣"形成"花"

（8）单击工具箱挑选工具 ⬚ 图标，用鼠标从整个"花"的左上角拖至右下角，则整个"花"即被全部选中（这种选择形式又叫"框选"）。在此"花"上右击，在弹出的快捷菜单中选择"群组"命令，则整个"花"即被组合成为一个整体，如图 3.9 所示。如果想取消组合，则再在此"花"上右击，在弹出的快捷菜单中选择"取消组合"命令即可。

图 3.9 使用"群组"选项来将图形组合成一个整体

第 3 章

（9）按下 Shift 键，拖动被选中"花"对角线方向上的小黑方块，使"花"在 X 方向 Y 方向上同时变小。选中此时变小的"花"，同时按下 Ctrl 键和 D 键，复制 2 个，拖动到如图 3.10 所示的位置。至此，三朵小花制作完毕。

单击"文件"|"保存"或"另存为"命令，保存文件。

图 3.10　三朵小花

实验 3-2　熟悉 CorelDRAW（制作一个宣传标志）

1．实验要求

巩固"实验 3-1"所学的内容，对 CorelDRAW 进行进一步的操作尝试。

2．上机实践操作步骤

（1）进入 CorelDRAW 窗口，单击"文件"|"新建"命令，则会出现绘图页面，一个新的图形文件即被建立。

单击"文件"|"保存"或"另存为"命令，在弹出的对话框中输入保存文件的名字、类型、路径等（可参考"实验 3-1"），最后单击"保存"按钮。

（2）单击"文件"|"导入"命令，则出现"导入"对话框，如图 3.11 所示。在该对话框中选中要导入的文件名，然后单击"导入"按钮。

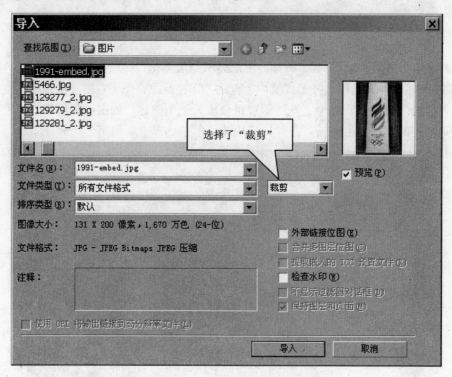

图 3.11　"导入"对话框

如果在该对话框中选择了"裁剪"，则在单击"导入"按钮后，系统还会进一步提问，如图 3.12 所示。如果不选"裁剪"，而选"全部"，则系统没有提示。建议选择为"全部"。

（3）回到绘图页面，按下鼠标左键，在该页面上从左上角向右下角拖拽鼠标，到适当位置处松开鼠标左键，即可将所选择的位图导入到绘图页面，如图 3.13 所示。

图 3.12 "裁剪图像"对话框

图 3.13 位图"导入"到绘图页面

（4）右击导入的位图，在弹出的快捷菜单中选择"锁定对象"命令。如果要取消锁定对象，则可再次右击导入的位图，在弹出的快捷菜单中选择"解除锁定对象"命令。

（5）配合使用工具 🔍🖐（参考"实验 3-1"），使要绘画的区域局部放大。

（6）单击 ✏（手绘工具）图标右下角处的小黑三角，在弹出的几个选项 ⧉⧉⧉⧉⧉⧉ 中，选择 ✒（钢笔工具），在导入的位图图形上进行花瓣勾画，最后要使所勾画的曲线封闭，如图 3.14 所示。

图 3.14 用钢笔工具勾画出图形轮廓

（7）右击"调色板"上某种颜色（如红色），则所画轮廓变为该颜色，再单击工具箱 （轮廓工具）图标右下角处的小黑三角，在弹出的几个选项 中，单击 使所画轮廓线变粗，这样看得清楚些。单击工具箱中的 工具，对轮廓线上的节点进行拖拽，使其与原图轮廓吻合得更好些。

同理，再画出另一条轮廓线，右击轮廓线某处，在弹出的快捷菜单中，选择"添加"或"删除"某节点，再对轮廓线上的节点进行拖拽，使其与原图轮廓吻合得好一些，如图 3.15 所示。

图 3.15　对轮廓线进行修改

（8）选中第一条轮廓线，按下组合键（Ctrl+D）复制若干个，并摆放到原图适当的位置，如图 3.16 所示。

图 3.16　复制出其他图形轮廓线

（9）分别选中各个轮廓，按原图填入相应的颜色（注意单击"调色板"最下面的图标 |◀ ，把"调色板"展开）。

用鼠标从整个"所画的各个轮廓线"的左上角拖至右下角，则整个"所画的各个轮廓线"被全部选中（又叫"框选"）。然后单击 ✍ （轮廓工具）图标右下角处的小黑三角，在弹出的几个选项中选择 ✕ ，则轮廓线即被去掉。

（10）再用椭圆工具画一个圆（要求画时按下 Ctrl 键），填充色为无色，轮廓线宽度输入为 1mm。按下组合键（Ctrl+D）复制出 5 个圆，然后排列好，并使用"群组"选项进行组合，如图 3.17 所示。

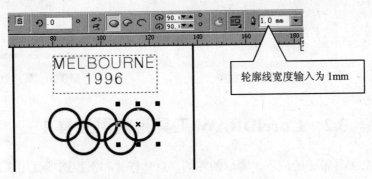

图 3.17　画出"五环"图案

（11）单击工具箱 ✍ （文本工具），在绘图页面上拖动出一个虚线方框，在其内输入文字，并设定文字类型和大小，如图 3.18 所示。

图 3.18　添加文字

（12）右击导入的位图，在弹出的快捷菜单中选择"解除锁定对象"命令。选中位图，按下 Delete 键，将其删去。

（13）如果发现图形叠放顺序不对，则右击某图形，在弹出的快捷菜单中选"顺序"命令，再选择所要求的选项，如图 3.19 所示，即可完成图形叠放顺序的调整。

最后，再给整个图形加一个外框线（画一个矩形，填充色设为无色），即为最终效果，如图 3.20 所示。

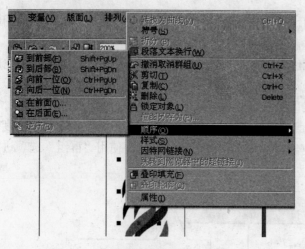

图 3.19 调整不同图形的叠放顺序   图 3.20 最终效果

3.2 CorelDRAW 工具箱常用工具 1

CorelDRAW 工具箱一般位于主窗口的左侧，总体样式和下拉选项如图 3.21 所示。

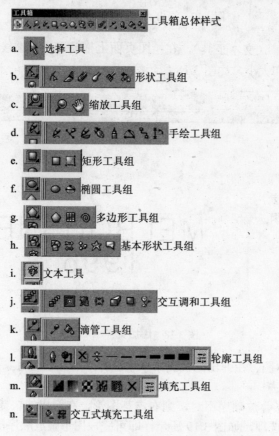

图 3.21 "工具箱"总体样式和下拉选项

选择"窗口"|"工具栏"|"工具箱"命令，可以设置"工具箱"的打开和关闭。

单击工具箱中每个选项图标左下脚的小黑三角，可以弹出若干个相关工具选项。

工具箱中的部分工具（即 CorelDRAW 常用工具 1）的主要用途如下。

（1）选择工具▶：用来选择欲编辑的对象。可以点选，也可以使用"Shift 键＋鼠标左键"选择多个对象，还可以通过拖动出一个选择框来选择多个对象。

（2）形状工具组：下面具体介绍该工具组中的几个常用工具。

① 形状工具▶：选择、编辑曲线节点以及调整文本的字间距和行间距。

② 切刀工具▶：把一个对象按照所画曲线切割开。

③ 橡皮擦工具▶：擦除对象的某些部分。

④ 自由变换工具▶：实现对象的自由变形，包括旋转、镜像等。

（3）缩放工具组：放大镜工具用于对象的缩放观察；手形工具用于移动视图。

（4）手绘工具组：该工具组是矢量绘图最基本的创作工具。下面介绍该工具组中常用的几个工具。

① 徒手曲线工具▶：用于徒手绘制单条曲线。

② 贝塞尔曲线工具▶：通过调节曲线节点的位置、方向来绘制精确光滑的曲线。

③ 艺术笔工具▶：可模拟艺术笔笔触、曲线的变化进行图案和文字的绘制。

④ 钢笔工具▶：用于徒手绘制具有多个节点、连续的封闭或不封闭曲线。绘制不封闭曲线时，按 Enter 键可结束绘制。

使用该工具拖动鼠标画线时，可出现曲线节点。而使用该工具点动鼠标画线时，一般为直线节点。

⑤ 量度工具▶：用于量度并自动标示距离、角度的工具。

⑥ 智能连接工具▶：让用户可以非常方便地使用折线来连接对象的工具。

（5）矩形工具组：进行一般的矩形绘制。按下 Ctrl 键拖动鼠标，可以画出正方形。

（6）椭圆工具组：进行一般的椭圆绘制。按下 Ctrl 键拖动鼠标，可以画出正圆。

（7）多边形工具组。

① 多边形工具▶：用于绘制多边形、基础星形和多边形基础星形的变形图形。

② 图纸工具▶：主要用于绘制网格。

③ 螺旋形工具▶：用于绘制两种螺旋纹：对称式螺纹和对数式螺纹。

实验 3-3　使用 CorelDRAW 工具箱常用工具 1

1. 实验要求

综合运用 CorelDRAW 工具箱中的常用工具（选择工具、矩形工具、椭圆工具和多边形工具、缩放工具、手绘工具、形状工具）绘制基本图形。

2. 上机实践操作步骤

（1）使用矩形工具▶绘制出矩形、正方形和圆角矩形。

① 双击矩形工具可以绘制出与绘图页面大小一样的矩形。

② 按下 Shift 键拖动鼠标，可绘制出以鼠标单击点为中心的矩形。按下 Ctrl 键拖动鼠标可绘制出特殊矩形——正方形。

③ 圆角矩形：绘制出矩形后，在工具箱中选中形状工具▶图标，矩形的 4 个节点均被选中，再将一个节点向矩形内拖动，直角矩形变成圆角矩形。▶工具使用完毕后，单击

79

第 3 章

T具，结束直角矩形变成圆角矩形的操作。

如果矩形的 4 个节点均被选中，再单击一下 4 个节点中的 1 个，则该节点被选中，按下鼠标左键将这个节点向矩形内拖动，则只有这个直角变成圆角，如图 3.22 所示。

在使用矩形工具绘制矩形、正方形和圆角矩形时，其工具属性栏中也会同步显示出该图形的参数值。改变其中的相关参数，可以精确地绘制出图形，如图 3.23 所示。

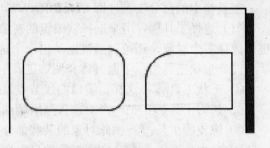

图 3.22　使用矩形工具绘制出矩形正方形和圆角矩形

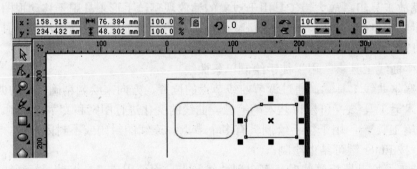

图 3.23　使用工具属性栏可精确绘制图形

（2）使用椭圆工具 绘制出椭圆、圆、饼形和圆弧。

这部分的操作步骤与画矩形类似，此处不再赘述。可参考图 3.24 和图 3.25。

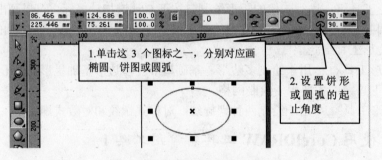

图 3.24　画椭圆、饼图或圆弧

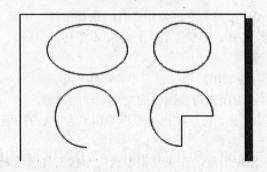

图 3.25　使用椭圆工具绘制出的椭圆、圆、饼形和圆弧

（3）使用多边形工具、图纸工具、螺旋形工具绘制图形。

① 多边形工具，用于绘制多边形、基础星形和多边形基础星形的变形图形。

具体操作：单击 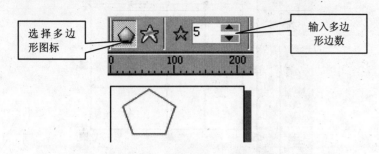 后，在工具属性栏中进行设置，按下鼠标左键拖动即可绘制出多边形或基础星形，如图 3.26 和图 3.27 所示。

图 3.26　使用"多边形工具"绘制多边形

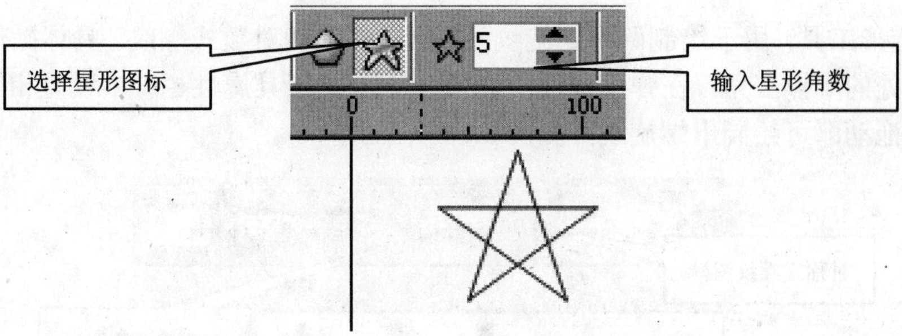

图 3.27　使用"多边形工具"绘制基础星形

再选中已绘制好的多边形或基础星形，单击 工具，按下鼠标左键拖动某一个节点到满意位置，即可实现多边形或基础星形的变形图形，如图 3.28 所示。

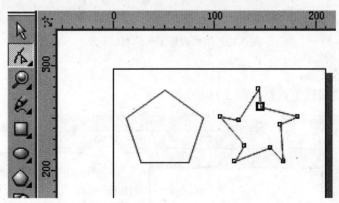

图 3.28　多边形基础星形的变形图形

② 图纸工具，主要用于绘制网格。具体操作：单击 工具右下角处的小黑三角，在弹出选项中选择，在工具属性栏中设置网格的行数与列数，按下鼠标左键拖动即可绘制出网格，如图 3.29 所示。

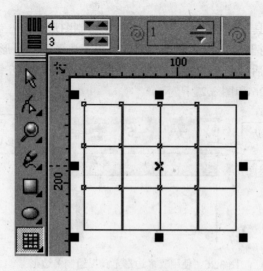

图 3.29　用图纸工具绘制网格

③ 螺旋形工具，用于绘制两种螺旋纹：对称式螺纹和对数式螺纹。具体操作：单击 工具右下角处的小黑三角，在弹出选项中选择 ，在"工具属性栏"中设置相应参数，按下鼠标左键拖动即可绘制出螺旋线，如图 3.30 所示。

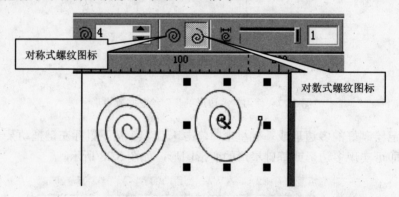

图 3.30　用螺旋形工具绘制螺旋纹

（4）使用缩放工具。

缩放工具及其属性工具栏如图 3.31 所示。

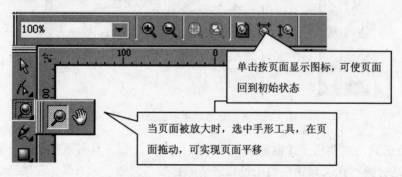

图 3.31　缩放工具及其属性工具栏

单击工具箱上的缩放工具图标🔍，光标变为🔍形状。此时单击绘图页面，可使绘图页面局部放大。单击🔍图标右下角处的小黑三角，在弹出的两个选项🔍✋中选择✋，然后在绘图页面上拖动鼠标，可对绘图页面进行局部区域的平移。再单击工具属性栏上的🔲（即按页面显示图标），使绘图页面大小恢复到初始大小状态。单击属性工具栏上的🔍图标，可使绘图页面缩小。单击属性工具栏上的其他选项，还可以进行其他形式的绘图页面缩放设置。

（5）使用手绘工具组 🖊️。

单击🖊️工具右下角处的小黑三角，在弹出的手绘工具组中选择所需的绘制工具。

① 手绘工具🖊️。

使用手绘工具可以直接在绘图页面上绘制直线或曲线。另外，配合工具属性栏的属性设置，还可以绘制出各种不同粗细及线型的直线或曲线以及箭头等。练习使用手绘工具绘制出如图 3.32 所示的图形。

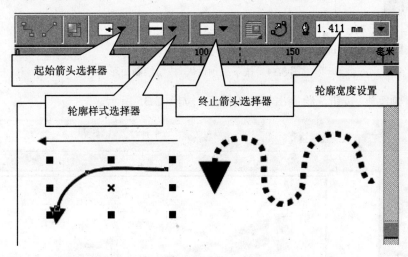

图 3.32　用手绘工具绘制的图形及对应的属性工具栏

② 贝塞尔工具✒️。

贝塞尔工具是通过改变节点控制点的位置来控制和调整曲线的弯曲程度。使用贝塞尔工具再配合形状工具🔧可以比较精确地绘制出直线和圆滑的曲线。练习使用贝塞尔工具绘制出如图 3.33 所示的图形。

③ 艺术笔工具✒️。

艺术笔工具是 CorelDRAW 提供的一种具有固定或可变宽度及形状的特殊的画笔工具。利用它可以创建具有特殊艺术效果的线段或图案。

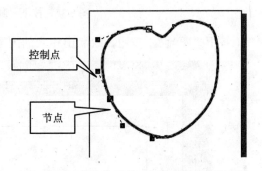

图 3.33　用贝塞尔工具、形状工具绘制图形

在艺术笔工具的属性栏中，提供了 5 个功能各异的笔形按钮（预设、画笔、喷罐、书法、压力）及其功能选项设置。选择了笔形并设置了宽度参数等后，按下鼠标左键在绘图页面中拖动，即可绘制出相应的图案和效果。

下面进行练习。

按下"预设"按钮，绘制出相应的图案，如图 3.34 所示。

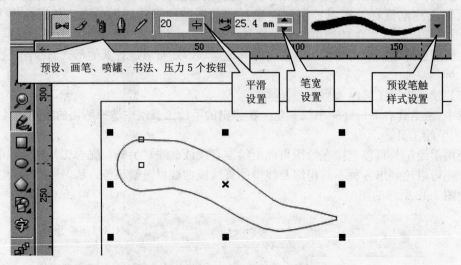

图 3.34　按下"预设"按钮绘制图形

按下"画笔"按钮，绘制出相应的图案，如图 3.35 所示。

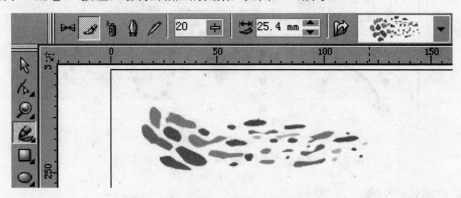

图 3.35　按下"画笔"按钮绘制图形

按下"喷罐"按钮，绘制出相应的图案，如图 3.36 所示。

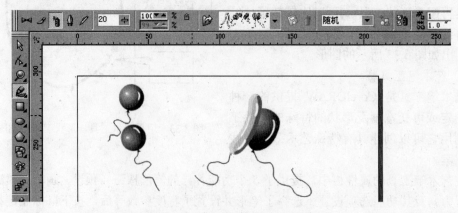

图 3.36　按下"喷罐"按钮绘制图形

按下"书法"按钮，可绘制出相应的图案，如图 3.37 所示。

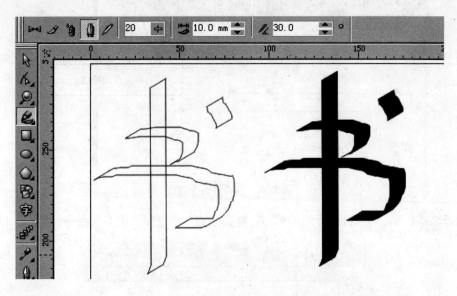

图 3.37　按下"书法"　按钮绘制图形

按下"压力"　按钮，绘制出相应的图案，如图 3.38 所示。

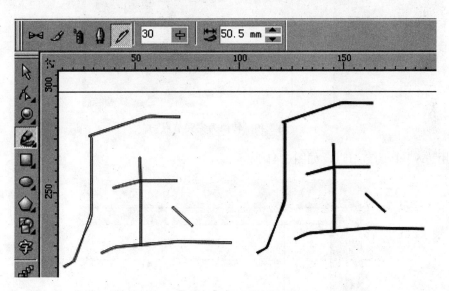

图 3.38　按下"压力"　按钮绘制图形

（6）使用"形状工具组" ![形状工具组图标]。

单击 ![工具图标] 形状工具右下角处的小黑三角，在弹出的形状工具组中选择所需的绘制工具。进行如下练习。

① 使用 ![工具图标] 形状工具。画一个圆，单击工具属性栏上的转换为曲线按钮，如图 3.39 所示。

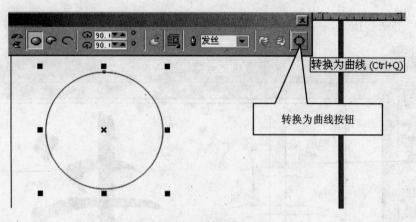

图 3.39　将圆转换为曲线

选择 工具，右击圆最上边的节点，在弹出菜单中选择"尖突"命令，如图 3.40 所示。

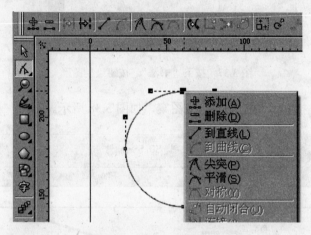

图 3.40　转换为尖突节点

使用 工具调节节点，如图 3.41 所示。

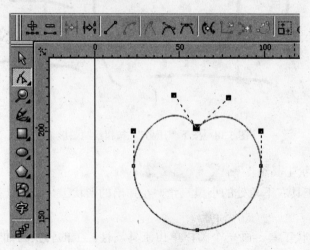

图 3.41　调节节点

给该图形填入红色，再用压力艺术笔画一个"果柄"，如图3.42所示。

图3.42　填入红色再用压力艺术笔画一个"果柄"

② 使用刻刀工具 。使用刻刀工具 ，对图形切割，然后移动切割后的图形。在属性栏中选择 按钮，可以使被切断后的对象自动生成封闭曲线，并保留填充属性，如图3.43所示。

③ 使用 橡皮擦工具。选中需要处理的图形对象，单击 橡皮擦工具，对图形进行擦除，如图3.44所示。

图3.43　使用刻刀工具

图3.44　使用橡皮擦工具

④ 使用涂抹笔刷工具 。选中需要处理的图形对象，单击涂抹笔刷工具 按钮，对图形进行涂抹，如图3.45所示。

⑤ 使用粗糙笔刷工具 。选中需要处理的图形对象，单击粗糙笔刷工具 按钮，对图形边沿进行粗糙处理，如图3.46所示。

图 3.45　使用涂抹笔刷工具

图 3.46　使用粗糙笔刷工具

⑥ 使用自由变换工具。使用"群组"将"果子"和"果柄"进行组合，选中组合后的图形对象，单击自由变换工具按钮，选择"工具属性栏"的"自由角度镜像"工具，用鼠标在"群组"后的图形上拖动，如图 3.47 所示。

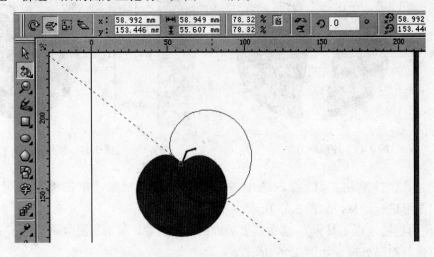

图 3.47　自由变换工具

3.3 CorelDRAW 工具箱常用工具 2

工具箱中的另外一部分工具的主要用途如下：

（1）基本形状工具组：无须复杂的曲线编辑，即可快速获得各种形状。

单击基本形状工具组中的 ⊡，再单击工具属性栏上的完美形状图标左下脚的小黑三角，在弹出的"一个完美形状集"中单击某个选项，然后即可在绘图区域拖拽出该图形。

对于基本形状工具组的其他选项：箭头工具 ⊠、流程图工具 ⊠、星形工具 ✿ 和标注形状工具 ⊡，操作方法类似。

（2）文本工具：单击 ⊛ 工具图标，再在绘图页面中单击，当文字定位光标出现后，输入文字即可。

单击 ⊛ 工具图标，再在绘图页面中按下鼠标左键，拖动出一个文本框，在框内可输入段落文字。如果段落文字超出框的大小，则框底部小方框内出现一个小黑箭头，表示还有没显示完的段落文字。

（3）交互调和工具组：产生两个或多个对象之间的形状、颜色渐变，还可以沿路径渐变。

（4）滴管工具组：这对工具能使用户非常容易地获得对象甚至是导入的位图中的颜色，然后再应用到其他对象中。

（5）轮廓工具组：单击 ⊠ 工具右下角的小黑三角，在弹出的选项中选择 ⊞，可以控制颜色泊坞窗的打开和关闭。如果在弹出的选项中选择 ⊠，则系统弹出 "轮廓色"对话框，可进行"轮廓色"的设置。

选中一个图形，单击 ⊠ 工具右下角的小黑三角，在弹出的选项中分别选择 ✕ ✦ ─ ─ ─ ▬ ▬ ▬，则该图形的轮廓分别变为"无轮廓"、"轮廓为细线"、"轮廓宽度为 1/2 点"、"轮廓宽度为 1 点"、"轮廓宽度为 2 点"、"轮廓宽度为 8 点"、"轮廓宽度为 16 点（中粗）"、"轮廓宽度为 24 点（粗）"。

（6）填充工具组：单击 ⊠ 工具右下角的小黑三角，如果在弹出的选项中选择 ◢，并对于系统提问单击"确定"按钮，则弹出"标准填充"对话框，然后进行设置。如果在弹出的选项中选择 ▦，并对于系统提问单击"确定"按钮，则弹出"渐变线性填充"对话框，然后进行设置。同理，分别选择 ▦ ▦ ▦ 选项，则系统弹出相应的填充效果设置对话框。注意：✕ 选项表示无填充效果。

（7）交互式填充工具组：通过该工具组，可以实现上面填充工具所有的功能，而且是通过鼠标操作的交互方法进行的，比较方便自如。

下面通过实验 3-5 来掌握这些工具的具体应用。

实验 3-4 使用 CorelDRAW 工具箱常用工具 2 练习

1．实验要求

掌握 CorelDRAW 工具箱的常用工具：基本形状工具、文本工具、交互调和工具、轮廓工具、填充工具、交互式填充工具。

2. 上机实践操作步骤

（1）使用基本形状工具组。

① 单击工具箱基本形状工具组中的 选项，再单击工具属性栏上的完美形状图标左下角的小黑三角，在弹出的"一个完美形状集"中单击某个选项，然后按下鼠标左键在绘图页面上拖动，即可将选择的图形绘制出来，如图 3.48 所示。

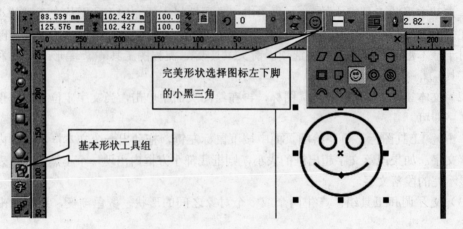

图 3.48 使用基本形状工具选择图形

② 同理，分别单击工具箱基本形状工具组中的其他选项：箭头工具 、流程图工具 、星形工具 和标注形状工具 绘制图形，如图 3.49 所示。

图 3.49 使用基本形状工具组中的选择图形进行绘制

（2）使用"文本工具" 。

① 输入基本文本。单击 工具图标，再在绘图页面中单击，当文字定位光标出现后，输入文字即可，如图 3.50 所示。

② 输入"段落文本"。单击 工具图标，再在绘图页面中按下鼠标左键不放，拖动出一个文本框后松开鼠标左键，此时即可在框内输入段落文本。如果段落文本超出框的大

小，则框底部小方框内出现一个小黑箭头，表示还有没显示完的文字，如图 3.50 所示。这时，拖动该文本框使其变大，文本即可显示完毕。

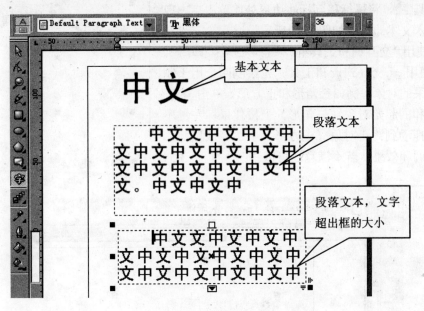

图 3.50　使用文本工具

③　使文本适合路径。先画好一条路径，再选中要适合路径的文本。在主菜单上选择"文本"|"使文本适合路径"命令，此时出现一个黑箭头，用黑箭头单击路径，则所选文本便按路径进行排列，如图 3.51 和图 3.52 所示。

右击按路径排列的文本，在弹出的快捷菜单中选择"转为曲线"命令，则文本和路径分离，再将路径删去。

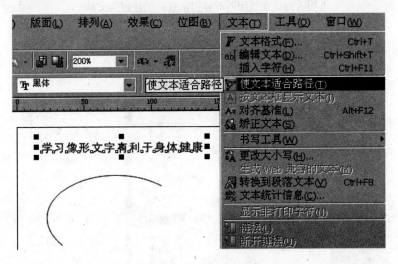

图 3.51　使文本适合路径

④ 在图形内创建段落文本。用户也可以直接在封闭的对象内部创建段落文本。例如创建标注图形，然后单击工具，将鼠标移到标注边界处，单击后出现虚框，输入文本即可，如图 3.53 所示。

（3）使用"交互调和工具组"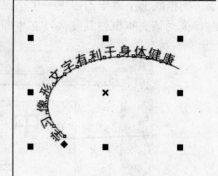

① 使用 交互式调和工具。先绘制两个用于制作调和效果的对象，例如三角形和正方形。单击 工具，在调和的起始对象（三角形）上按住鼠标左键不放，然后拖动到终止对象（正方形）上，释放鼠标，即可出现调和效果，若不满意还可以修改，如图 3.54 所示。

图 3.52　使文本适合路径后的效果

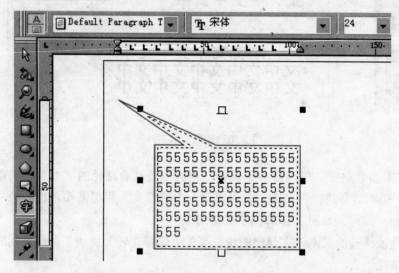

图 3.53　在封闭的对象内部直接创建段落文本

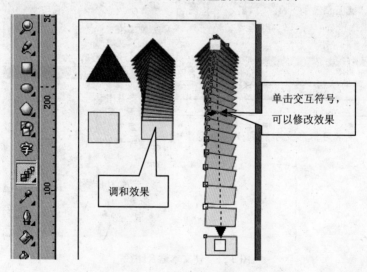

图 3.54　使用交互式调和工具

② 使用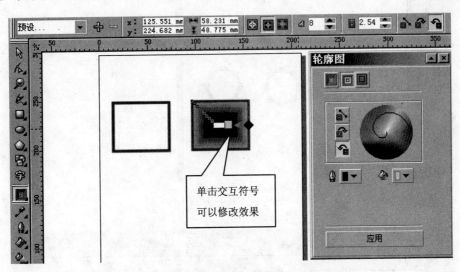交互式轮廓图工具。轮廓图效果是指由一系列对称的同心轮廓线圈组合在一起，所形成的具有深度感的效果。轮廓效果与调和效果相似，也是通过过渡对象来创建轮廓渐变的效果，但轮廓效果只能作用于单个的对象，而不能应用于两个或多个对象。

选中欲添加效果的对象（一般要求填充色和边框色为不同色）。在工具箱中选择（交互式轮廓工具），用鼠标向内（或向外）拖动对象的轮廓线，在拖动的过程中可以看到提示的虚线框，当虚线框达到满意的大小时，释放鼠标即可完成轮廓效果的制作。也可以配合使用主菜单的"效果"|"轮廓图"命令，打开"轮廓图"泊坞窗窗口，一起完成轮廓图效果设置，如图 3.55 所示。

图 3.55　使用交互式轮廓图工具

③ 使用交互式变形工具。该工具属性栏中包括（推拉变形）、（拉链变形）和（缠绕变形）等 3 种变形方式，几种方式相互配合，可以产生许多变形效果。

具体操作：用画一个图形，再复制 3 个，如图 3.56 所示。

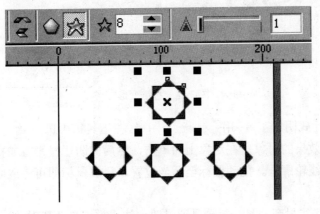

图 3.56　画一个图形，再复制 3 个

平面矢量绘图——CorelDRAW

再在工具箱中选择，在属性栏中选择变形方式为，将鼠标移动到需要变形的对象上，按住左键拖动鼠标到适当位置，此时可以看见蓝色的变形提示虚线，释放鼠标即可完成变形。还可再选择其他变形方式试一下，如图 3.57 和图 3.58 所示。

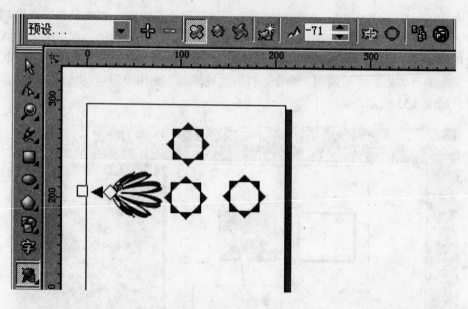

图 3.57　推拉变形

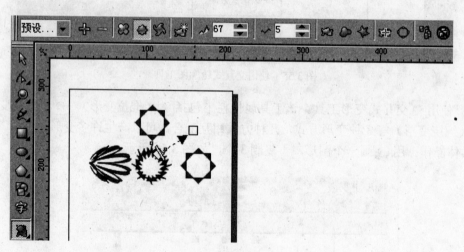

图 3.58　拉链变形

④ 使用![]交互式阴影工具。用![]画一个图形，在工具箱中选择，选中需要制作阴影效果的对象。在对象上面单击，然后向阴影投影方向拖动鼠标，此时会出现对象阴影的虚线轮廓框。拖动鼠标至适当位置，释放鼠标即可完成阴影效果的添加，如图 3.59 所示。

⑤ 使用![]交互式封套工具。封套是通过改变边界框，来改变对象形状的。具体操作：

单击![icon]工具图标，输入"封套效果"几个字。再单击![icon]交互式封套工具，则文字四周出现封套的节点。对封套的节点进行调整，文字的形状也随之改变。还可以配合使用主菜单的"效果"|"封套"命令，打开"封套"泊坞窗窗口，一起完成封套效果设置，如图 3.60所示。

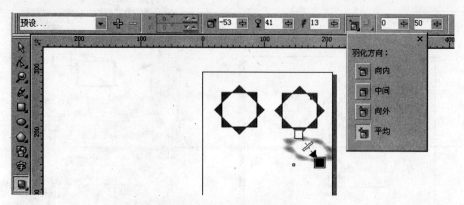

图 3.59   使用交互式阴影工具

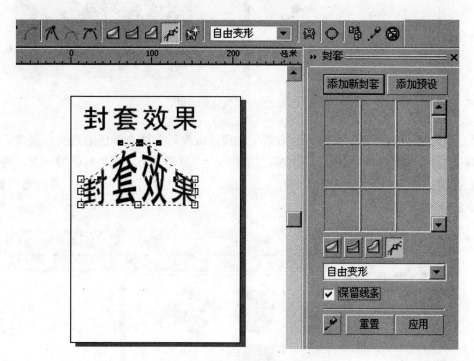

图 3.60   使用交互式封套工具

⑥ 使用![icon]交互式立体化工具。先画一个矩形框，再单击交互式立体化工具![icon]，用鼠标从矩形框中心进行拖动，此时矩形上会出现立体化效果的控制虚线，拖动到适当位置释放鼠标，矩形框即可添加立体化效果。也可以配合使用主菜单的"效果"|"立体化"命令，打开"立体化"泊坞窗窗口，一起完成所选对象的立体化效果设置，如图 3.61 所示。

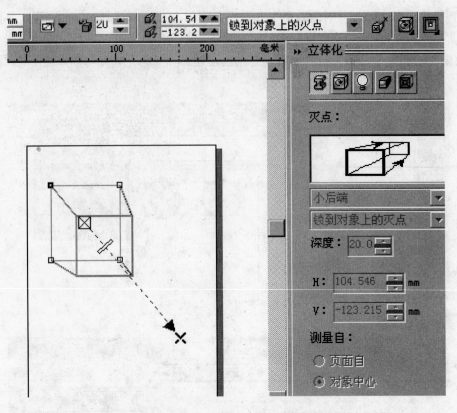

图 3.61　使用立体化效果

　　⑦ 使用 交互式透明工具。透明效果是通过改变对象填充颜色的透明程度来创建独特的视觉效果。具体操作：先画一个圆，填入红色，复制几个，选中其中的一个，再单击交互式透明工具 ，用鼠标在选中的圆上拖动到适当的位置，释放鼠标即可添加透明效果，如图 3.62 和图 3.63 所示。

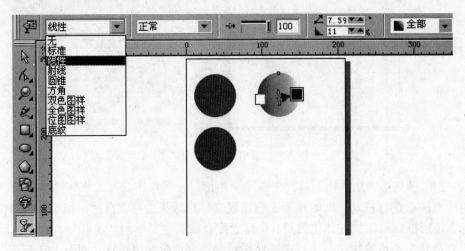

图 3.62　使用线性透明效果

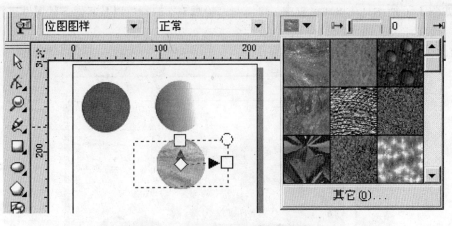

图 3.63　使用位图样式透明效果

（4）使用 ![]吸管工具和 ![]颜料桶工具。

导入一张位图，在工具箱中选中（吸管）工具 ![]，在工具属性栏的"采样大小"处选择 3×3 像素。用 ![]单击导入位图上的某点，再单击 ![]右下方的小三角形，在打开的工具级联菜单中选取颜料桶工具 ![]，此时光标变成颜料桶，单击要填充的对象，则该对象即被填充为颜料桶中的颜色，如图 3.64 和图 3.65 所示。

图 3.64　使用吸管工具取色

（5）使用 ![] ![] ![] ![] ![] ————————— ![]"轮廓工具组"。

单击 ![]工具右下角的小黑三角，如果在弹出的选项中选择 ![]，可以控制颜色泊坞窗的打开和关闭。

如果在弹出的选项中选择 ![]，对于系统提问单击"确定"按钮，则弹出"轮廓笔"对话框，如图 3.66 所示。在该对话框中，可以对"轮廓笔"的颜色以及其他各种属性进行设置。

图 3.65　使用油漆桶工具填充

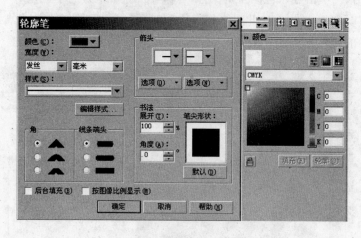

图 3.66　"轮廓笔"对话框

单击 工具右下角的小黑三角，在弹出的选项中选择 ，则系统弹出 "轮廓色"对话框，可进行"轮廓色"的设置，如图 3.67 所示。

选中一个图形，单击 工具右下角的小黑三角，在弹出的选项中分别选择 ，则该图形的轮廓分别变为"无轮廓"、"轮廓为细线"、"轮廓宽度为 1/2 点"、"轮廓宽度为 1 点"、"轮廓宽度为 2 点"、"轮廓宽度为 8 点"、"轮廓宽度为 16 点（中粗）"、"轮廓宽度为 24 点（粗）"，如图 3.68 所示。

（6）使用 "填充工具组"。

先画一个矩形，使其处于选中状态。单击 工具右下角的小黑三角，如果在弹出的选项中选择 ，对于系统提问单击"确定"按钮，则弹出"标准填充"对话框，如图 3.69 所示。

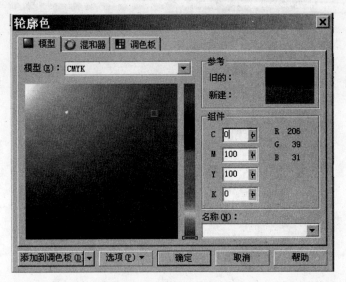

图 3.67　"轮廓色"对话框

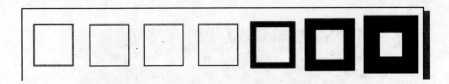

图 3.68　各种轮廓宽度

图 3.69　"标准填充"对话框

　　如果在弹出的选项中选择 ，对于系统提问单击"确定"按钮，则弹出"渐变填充方式"对话框，如图 3.70 所示。

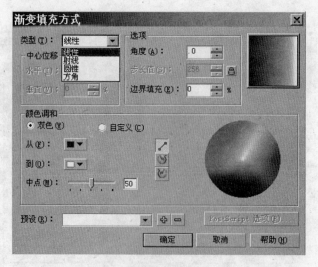

图 3.70 "渐变填充方式"对话框

如果在该对话框中"颜色调和"部分选择"自定义",则系统窗口如图 3.71 所示。在该窗口中,在"颜色调和"部分的渐变设置色条上双击,则出现一个倒立的小黑三角,如图 3.71 所示。

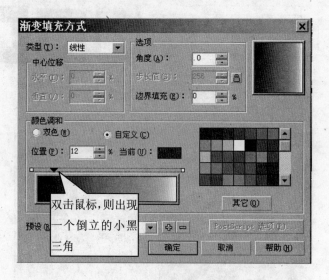

图 3.71 自定义渐变填充

此时在右边的调色板上单击某色块,则渐变色条上就出现这种颜色。再次双击渐变设置色条下一个位置,又出现一个倒立的小黑三角,再在右边的调色板上单击某色块,则渐变色条上便在右边增加这种颜色。如此重复几次,就做好了一个"自定义"的渐变色条。在"预设"栏内输入"自定义 1",单击旁边的 ⊞ 按钮,则这种渐变色条就被保存在"预设"栏中,下次进入该窗口可以调用。再单击"确定"按钮,则被选中的对象即被填入这种效果,如图 3.72 所示。

同理,单击 ⬧ 工具右下角的小黑三角,在弹出的选项中分别选择 ▨ ▨ ▨ 选项,则填充效果分别如图 3.73、图 3.74 和图 3.75 所示。如果在弹出的选项中单击 ▤ ,则可以控制颜色泊坞窗的打开和关闭。如果在弹出的选项中选择 ✕，则被选中的对象将变为"无填充"的效果。

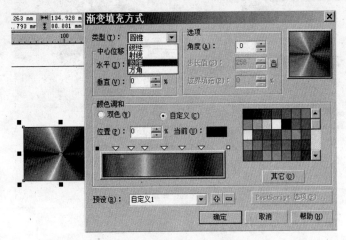

图 3.72　存储自定义渐变填充样式

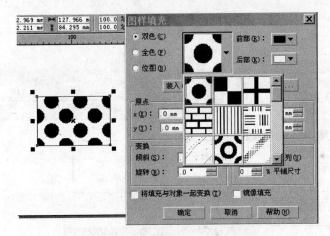

图 3.73　"图样填充"对话框

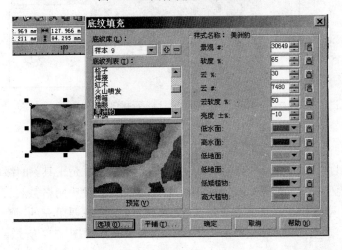

图 3.74　"底纹填充"对话框

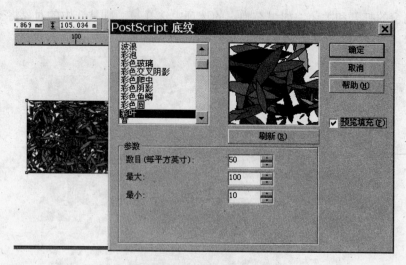

图 3.75　PS 底纹填充设置

（7）使用交互式填充工具 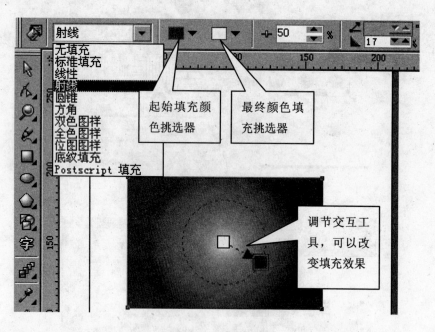。先画一个矩形，使其处于选中状态。单击 工具，再在工具属性栏上进行设置，用鼠标在矩形上进行拖拽取得适当效果后，释放鼠标，如图 3.76 所示。

图 3.76　交互式填充工具

选定需要进行"网状填充"的对象，再在 （交互式填充工具）的级联菜单中选择 （交互式网状填充工具）。在交互式网状填充工具属性栏中设置网格数目，如 3 行 3 列。拖动节点可以改变网的形状。选中某节点，在调色板中单击需要填充的颜色，则该节点附近区域即填充为该颜色。在空白处单击一下鼠标结束填充，如图 3.77 所示。

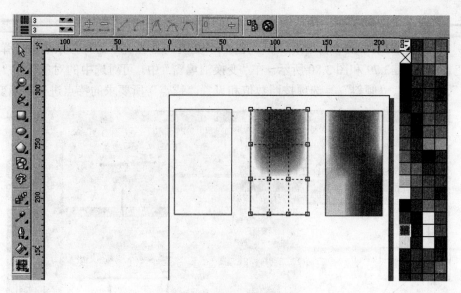

图 3.77　交互式网状填充工具

3.4　CorelDRAW 主菜单常用选项的功能

1. 主菜单"帮助"选项

进入 CorelDRAW，单击主菜单的"帮助"|"帮助主题"命令，系统即可弹出 CorelDRAW
帮助窗口，从中可以查询 CorelDRAW 有关内容，如图 3.78 所示。

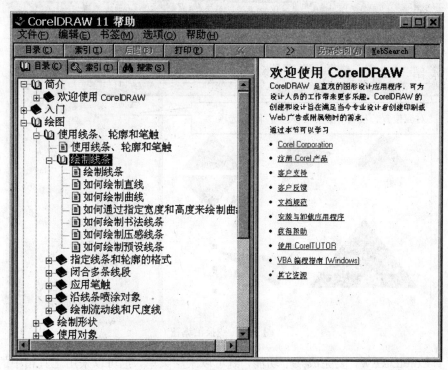

图 3.78　CorelDRAW 帮助窗口

2. 主菜单"窗口"|"泊坞窗"选项

例如，单击主菜单的"窗口"|"泊坞窗"|"变换"|"位置"命令，系统即可弹出"变换泊坞窗"，如图 3.79 和图 3.80 所示。在"变换泊坞窗"中，可对选中的对象使用"位置"、"旋转"、"镜像"、"倾斜"等选项按照数值和设置"锚点"所要求的特点进行精确变换。

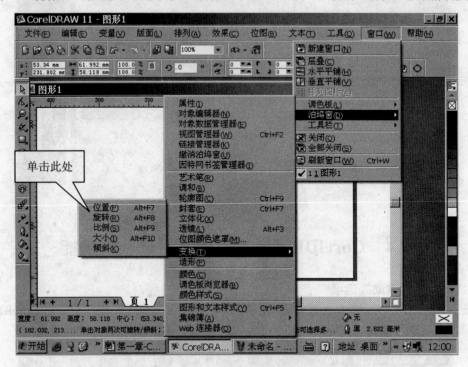

图 3.79　打开"变换泊坞窗"

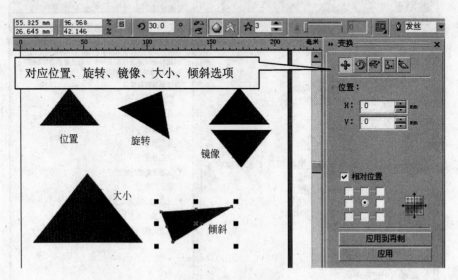

图 3.80　变换泊坞窗

对于 CorelDRAW，要完成某个功能，既可以采用菜单，也可以采用工具箱中的工具或者采用相应的泊坞窗来完成。

3. 主菜单"排列"选项

选中要排列和对齐的若干个对象，单击主菜单的"排列"|"对齐和分布"|"垂直居中对齐"命令，则所选的若干个对象，便可实现垂直居中对齐方式，如图3.81所示。同理，还可以选择主菜单的"排列"|"对齐和分布"命令下的其他对齐方式。

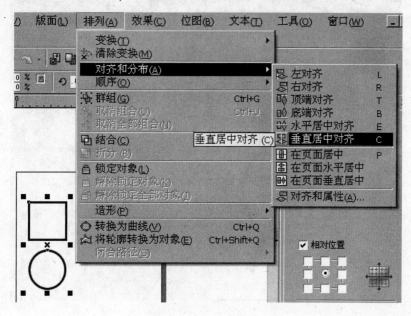

图3.81　垂直居中对齐

在主菜单"排列"的下拉菜单中，还有其他常用选项，举例如下：

（1）选中两个对象，单击主菜单的"排列"|"群组"命令，则两个对象便被组合到一起。

（2）选中两个对象，单击主菜单的"排列"|"造型"|"焊接"命令，则两个对象，便被"焊接"到一起。

同理，还可以实现"排列"菜单下的其他选项功能，效果如图3.82所示。

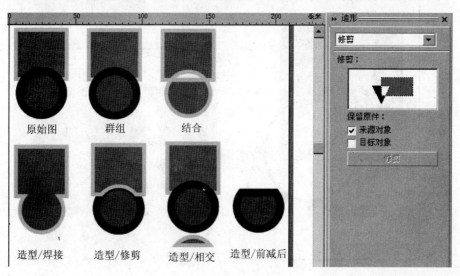

图3.82　"排列"菜单下的其他选项功能

4. 主菜单"效果"选项

举透镜效果为例。先画一个矩形，填入位图图案，再画一个圆和一个长条矩形并旋转成为一个"放大镜"手柄的样子。将圆和手柄使用"群组"选项组合起来，如图 3.83 所示。

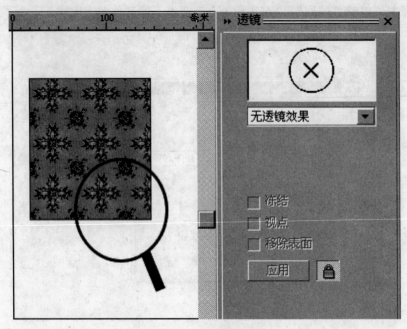

图 3.83　无透镜效果

选中"放大镜"的圆，单击主菜单的"效果"|"透镜"命令，则"透镜泊坞窗"被打开，在"透镜泊坞窗"中选择"使明亮"效果，如图 3.84 所示。

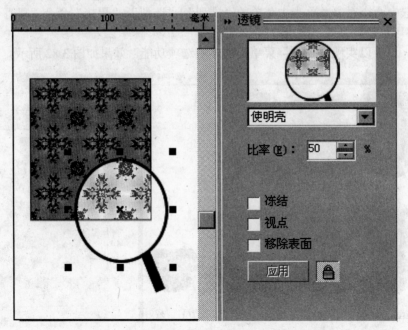

图 3.84　在"透镜泊坞窗"中选择"使明亮"效果

如果不选中"冻结"复选框，则当透镜移出图画时，透镜效果消失，如图3.85所示。
如果选中"冻结"复选框，则当透镜移出图画时，透镜效果依然存在，如图3.86所示。

图3.85　若不选中"冻结"复选框，则当透　　图3.86　若选中"冻结"复选框，则当透镜移
镜移出图画时，透镜效果消失　　　　　　出图画时，透镜效果仍存在

选择"鱼眼"透镜效果，如图3.87所示。

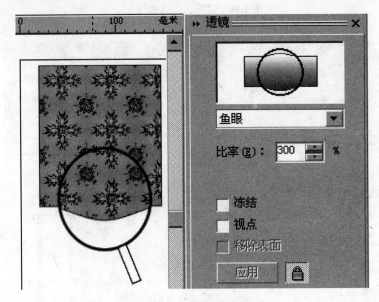

图3.87　"鱼眼"透镜效果

选择"放大"透镜效果，如图3.88所示。

5. 主菜单"变量"选项

在主菜单的"变量"选项下，如果单击"辅助线"选项，使其前面有√，则"辅助线"在窗口中显示出来。如果单击"标尺"选项，使其前面有√标记，则"标尺"也在窗口中显示出来。如果再单击相应的带√的选项，则选项前的√标记会消失，对应的"辅助线"、"标尺"也会在窗口消失。还可以选择主菜单"变量"下的其他选项，如图3.89所示。

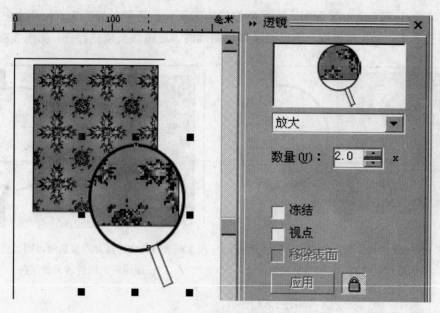

图 3.88 "放大"透镜效果

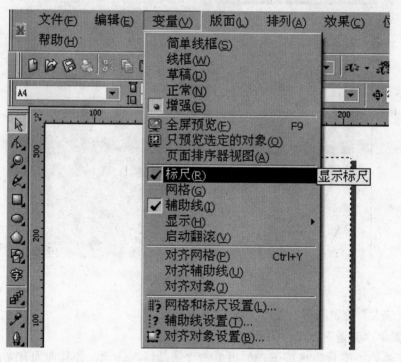

图 3.89 主菜单"变量"下的其他选项

6. 主菜单的"位图"选项

导入一幅位图，使其处于选中状态，在主菜单上选择"位图"|"三维效果"|"卷页"命令，系统弹出对话框，如图 3.90 所示。

参数设置完毕后，单击"确定"按钮，则该位图出现"卷页"效果，如图 3.91 所示。

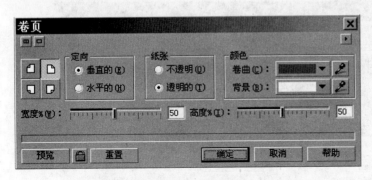

图 3.90　"卷页"对话框　　　　　　　　　　图 3.91　"卷页"效果

还可以选择主菜单"位图"下的其他选项，如图 3.92 所示。

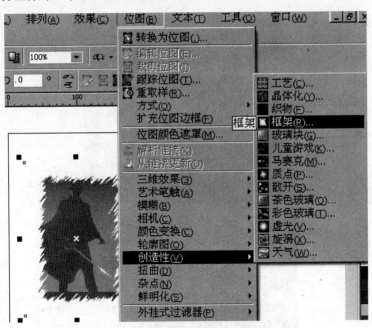

图 3.92　"位图"菜单下的其他选项效果

本小节学习完毕后，进行实验 3-5。

实验 3-5　使用 CorelDRAW 主菜单常用选项功能练习

1. 实验要求

掌握 CorelDRAW 主菜单常用选项："帮助"、"窗口"、"排列"、"效果"、"变量"及"位图"下拉菜单中的常用功能。

2．上机实践操作步骤

（1）新建一个 A4 大小的文件。单击主菜单的"文件"|"导入"命令，选择一幅位图导入到绘图页面上，使其处于选中状态。再在主菜单上选择"位图"|"三维效果"|"卷页"，系统弹出"卷页"对话框，如图 3.93 所示。

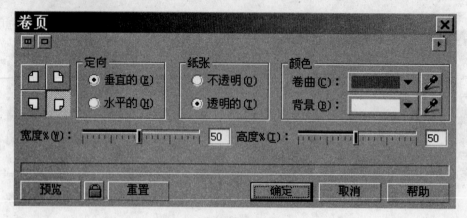

图 3.93　"卷页"对话框

参数设置完毕后，单击"确定"按钮，则该位图出现"卷页"效果，如图 3.94 所示。

图 3.94　位图的"卷页"效果

（2）画一个圆和一个长条矩形并旋转矩形成为一个手柄的样子。将圆和手柄使用"群组"选项组合成"放大镜"的样子。选中"放大镜"的圆，单击主菜单的"效果"|"透镜"命令，则"透镜泊坞窗"被打开，在"透镜泊坞窗"中选择"使明亮"效果，如图 3.95所示。

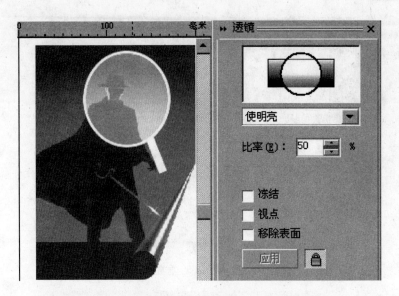

图 3.95　"透镜泊坞窗"中选择"使明亮"效果

（3）单击工具箱中的"字"工具，输入"佐罗"二字（输入"佐"字后按 Enter 键，再输入"罗"字），再选中"佐罗"二字，单击右边调色板的"黄色"色块，使字为黄色，如图 3.96 所示。

图 3.96　用"字"工具输入"佐罗"二字

（4）分别单击工具箱的矩形工具和星形工具，画一个矩形和一个星形，并填入绿色。同时选中矩形和星形，单击主菜单的"排列"|"对齐和分布"|"垂直居中对齐"命令，如图 3.97 所示。

（5）选中矩形，在"透镜泊坞窗"中选择"反显"效果。选中星形，在"透镜泊坞窗"中选择"热图"效果，如图 3.98 和图 3.99 所示。

图 3.97　将矩形和星形垂直居中对齐

图 3.98　透镜"反显"效果

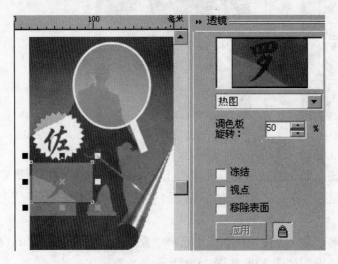

图 3.99　透镜"热图"效果

（6）选中导入的位图，在主菜单上选择"位图"|"创造性"|"织物"命令，系统弹出"织物"对话框，输入参数，如图 3.100 所示。单击"确定"按钮，"织物"效果如图 3.101 所示。

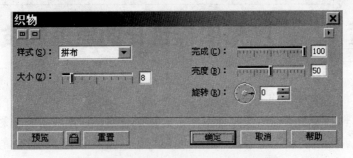

图 3.100　设置位图的"织物"参数

图 3.101　位图"织物"效果

思　考　题

1．CorelDRAW 主窗口一般包括哪几个部分？
2．CorelDRAW 工具箱一般包括哪些工具或工具组？
3．使用 CorelDRAW 的文本工具可制作哪两大类文本？
4．举例说明 CorelDRAW 中如何使用交互式封套工具？
5．CorelDRAW 中如何打开"轮廓笔"对话框？
6．举例说明 CorelDRAW 中要排列对齐若干个对象应如何操作。
7．举例说明 CorelDRAW 中如何使用"透镜"效果。

第4章　图形图像设计的原理和技术

日常所接触到的平面图形图像是使用一定的物质材料，运用线条、色彩和块面等美术语言，通过构图、造型和调色等手段，在二度空间（平面）中创造出来的静态或动态的视觉形象或情境。

现在，这种视觉形象或情境往往可以由计算机与美术相结合来产生，即所谓"计算机平面造型艺术"。这种造型艺术也是现代广告设计界中最常用的一种造型手段，其本身具有极大的潜力，除具体图形之外，最大的优点是可以表现出人工无法达到的快速、精密、复杂多变的艺术境界。

然而，无论是计算机还是手工所作出的商业广告作品或是作为传达某种精神内容的艺术作品，都离不开设计的基本原理。

基于上述原因，本章将首先介绍计算机图像图形的常用术语，然后介绍一些最基本的美术设计原理，使得我们在使用计算机设计和处理图形图像时，无论在计算机的工具层面上，还是在美术的"形式变幻"、"瞬间凝固性"以及"丰富内涵"上都有较大的提高。本章最后还将简要介绍"印前处理技术"的一些要点。

4.1　计算机图形图像常用术语

4.1.1　计算机图形学的概念

计算机图形学是研究怎样用数字计算机生成、处理和显示图形的一门学科。它涉及计算机科学与技术的许多分支，同时又与信息科学、微电子学、几何学、图论以及相关应用领域的学科密切相关，是一门内容广泛、发展迅速的新兴学科。

4.1.2　非自发光物体的色彩及其视觉原理

人眼看到色彩需要具备两个要素：光源和反射光，如图 4.1 所示。

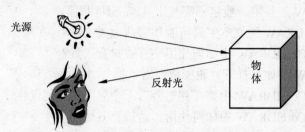

图 4.1　色彩及其视觉原理

物理学认为光是一种电磁波。波长从 0.39～0.77μm 波长之间的电磁波，人眼可以看到，该范围波长的光称为可见光。波长大于 0.77μm 的光称为红外光，波长小于 0.39μm 的光称为紫外光。可见光之外的光人眼是看不到的。

虽然自然界的物体五颜六色、绚丽多彩，但是它们大多数本身不会发光。不过，它们具有选择性地吸收、反射、透射光的能力。如果某物体把照射到它上面的光全部都吸收了，那么看到的该物体将是黑色；如果某物体把照射到它上面的光全部都反射了，那么看到的该物体将是白色。当然，任何物体对光不可能全部吸收或反射，所以实际上并不存在绝对的黑色或白色。物体平时被照射的光线为白色光或者浅黄色光，物体的颜色即为未被其吸收的反射光的颜色。但是当光源色发生变化时，比如在变化莫测的舞台灯光和各色霓虹灯的照射下，衣服和物体就失去了原来的"固有色"，而是随光源色变化。

4.1.3　色料成像和色光成像

从色彩成像的原理上讲，人们平时所看到的图形图像的色彩可以分为两大类：色料成像和色光成像。

1．色料成像

色料成像是指用油墨、颜料等印刷或喷绘在介质（如各种纸、织物等）上的图形图像。

计算机中属于色料成像的典型图形图像模式为 CMYK 图形图像。这种模式的图形图像可以认为是专门用来进行印刷或喷绘的图形图像模式。

其中 C（青）、M（品）、Y（黄）、K（黑）分别代表 4 种颜色的油墨（或颜料或墨水等）。印刷所用的这 4 种颜色的油墨具有如下性质：对于 C（青）色油墨，光线（白光）照到它上面，除 C（青）色光线外其余光线均被吸收，只有 C（青）色光线被反射，所以看到它为 C（青）色。对于 M（品）色油墨，光线（白光）照到它上面，除 M（品）色光线外其余光线均被吸收，只有 M（品）色光线被反射，所以看到它为 M（品）色。以此类推。

印刷在介质上每个像素点的各种颜色都是由这 4 种颜色油墨各自的含量所决定的，如图 4.2 所示。人们平时所看到的各种彩色图片、彩色杂志封面等都是由这 4 种颜色的油墨印制而成的（这 4 种颜色的油墨按不同的比例组合出的各种颜色，赋给各个像素点从而形成彩色的画面）。

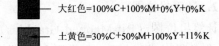

大红色=100%C+100%M+0%Y+0%K

土黄色=30%C+50%M+100%Y+11%K

图 4.2　CMYK 图像彩色印刷原理

2．色光成像

色光成像是指在 CRT（阴极射线管）或液晶显示器上显示的图形图像。

计算机中属于色光成像的典型图形图像模式为 RGB 的图形图像。这种图像在 CRT（阴极射线管）显示器屏幕上显示时，每个像素点的颜色由 3 支电子枪 R（红）、G（绿）、B（蓝）轰击到屏幕上该像素点的强度所决定的，如图 4.3 所示。

如果这 3 支电子枪轰击屏幕的强度均为零，则屏幕呈黑色；如果这 3 支电子枪轰击屏幕的强度均为饱和值，则屏幕呈白色。

RGB 模式图形图像的色域（显示色彩的范围）比 CMYK 模式要宽。因此，对于同一幅图像来说，采用 RGB 模式要比采用 CMYK 模式明亮一些。

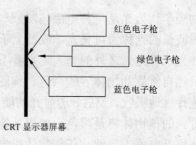

图 4.3　CRT 显示器色彩

4.1.4　计算机矢量图和位图

从计算机图形图像的数学构造上来讲，又可以将计算机图形图像分为两大类：矢量图和位图。当然，矢量图和位图的色彩成像模式，既可以是色料成像，也可以是色光成像。

1. 计算机矢量图

简单地说，计算机矢量图（Vector Graphics）就是由"线段"和"节点"所组成的图形。它们可以用数学模型来描述，如图 4.4 左边图所示。该图形在计算机上无论放大和缩小，清晰度都不会变化，因为它们是靠"计算"将图形显示在屏幕上的。

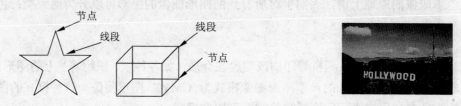

图 4.4　计算机矢量图（左）和位图（右）

进行矢量图绘制和处理的软件有 AutoCAD、CorelDRAW、3DS MAX 等。

CAD 绘图软件一般又分为建筑 CAD 绘图软件、机械 CAD 绘图软件、服装 CAD 绘图软件，分别用于建筑工程施工、机械设计、服装裁剪设计等方面。CorelDRAW 矢量图绘制多用于卡通片设计、工艺美术设计、徽标设计等。3DS MAX 是目前世界上应用最广泛的三维建模（建立模型）、动画以及渲染的软件。它完全满足制作高质量动画、最新游戏和电影特效、设计效果图等领域的需要。

2. 计算机位图

计算机位图（Bit-Mapped-Graphics）是由一个个小小的色块（每个色块又由若干个像素点所组成），每一个像素点都有特定的位置和颜色值，如图 4.4 右边图所示。位图在计算机上不需要计算，即可直接地、快速地显示出来。但是位图所占用的存储空间比矢量图大。常见的位图文件格式有 BMP、GIF、TGA 和 TIFF 等。进行位图绘制和处理最常用的软件是 Photoshop CS，关于 Photoshop CS 在第 2 章已介绍过了。

4.1.5　分辨率

1. 图像分辨率

图像分辨率又叫位图分辨率，表示每英寸上所能显示出多少个像素点。分辨率的单位为 dpi（d 代表"像素点"，p 代表"每"，i 代表"英寸"）。

对于位图，分辨率大的清晰度高，分辨率小的清晰度低，如图 4.5 所示。

图4.5   左图分辨率为 18dpi，右图分辨率为 72dpi

一般来说，用于显示器屏幕显示的 RGB 模式位图，分辨率为 72dpi，其清晰度就很不错了。用于印刷的CMYK 模式位图，分辨率要求为 300dpi～350dpi，才能保证印刷后的清晰度。如果低于这个指标，则将不能保证其印刷后的清晰度，当然超过这个指标，过高的分辨率也没有必要。

对于同一幅位图，尺寸放得越大，其分辨率越低；尺寸缩得越小，其分辨率越高，如图 4.6 所示。

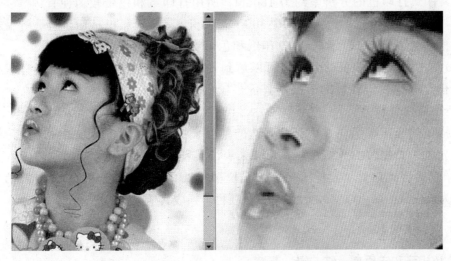

图4.6   同一幅位图，尺寸放得越大，其分辨率越低

位图由于是小色块集合直接显示，所以有分辨率；而矢量图是由数学算式描述的，是通过"计算"显示出来的，所以它们与分辨率无关。从图 4.7 可以看出，位图放大后

第 4 章

图形图像设计的原理和技术

会出现"马赛克"现象，而且周边会出现毛刺（分辨率降低了）；而矢量图放大后依然清晰。

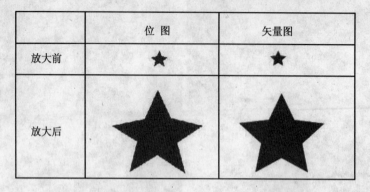

	位 图	矢量图
放大前	★	★
放大后	★	★

图 4.7 计算机位图（左）和矢量图（右）放大后效果对比

2．设备分辨率

1）显示器屏幕分辨率

它取决于显示卡种类和屏幕的尺寸。例如 800×600 的分辨率，表示屏幕宽显示 800 点（像素），屏幕高显示 600 点（像素）。

若显示器上每个像素储存信息的位数为 n，则这种显示器屏幕上的每个点最多可以显示 2^n 种颜色。n 一般为 8、24 或 32。对于 $n=8$ 的 CRT 彩色显示器，因为有 3 支电子枪，所以屏幕上的每个点最多可以显示 $2^{3\times8}=2^{24}=16\ 777\ 216$ 种颜色。

2）打印机分辨率

打印机的分辨率通常也用 dpi 来表示（表示每英寸上所能打印的像素点个数）。

（1）针式打印机的分辨率约为 180dpi，所用打印纸和色带较为便宜。

（2）喷墨式打印机的分辨率可达300～720dpi，常用于彩色打印，但是所用彩喷纸和墨盒的价格要比针式打印机的打印纸和色带贵许多。

（3）单色激光打印机的分辨率可以达到 600dpi 甚至 1200dpi，用普通打印纸打印即可，但是其中属于耗材的硒鼓，其价格较贵。

3）扫描仪分辨率

扫描仪的分辨率纵向是由步进马达的精度来决定的，而横向则是由感光元件的密度来决定的。扫描仪的分辨率也用 dpi 来表示（表示每英寸上所能扫入的像素点的个数）。一般的台式扫描仪要比滚筒式扫描仪精度低。扫描时，一般先扫入 RGB 模式的图（因为该模式的图色域宽），然后根据需要再转换成其他模式的图。

4.1.6 色彩的组成及其功能

1．色相环和三原色（红、绿、蓝）

一个色相环通常包括 12 种明显不同的颜色，显示器三原色常指红、绿、蓝 3 种颜色，如图 4.8 所示。

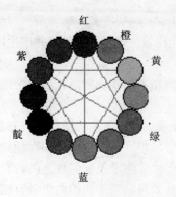 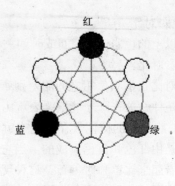

图 4.8   左图为色相环、右图为三原色

2. 近似色和补充色

如果从橙色开始，则它的两种近似色为红色和黄色。用近似色的颜色，主题可以实现色彩的融洽与融合，从面与自然界中能看到的色彩相接近。

补充色是色相环中的直接位置相对的颜色。如果希望色彩强烈突出，那么选择补充色比较好，如图 4.9 所示。

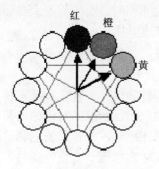 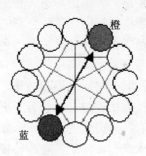

图 4.9   左图为近似色举例、右图为补充色举例

3. 暖色和冷色

暖色由红色调组成，比如红色、橙色和黄色。该类颜色赋予了物体温暖、舒适和充满活力的感觉，也产生了一种色彩向浏览者显示或移动，并从页面中突出出来的可视化效果。

冷色来自于蓝色色调，譬如蓝色、青色和绿色。这些颜色将对色彩主题起到冷静的作用，它们看起来有一种从浏览者身上收回来的效果，比如可将它们用作页面的背景，如图 4.10 所示。

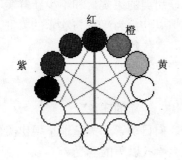 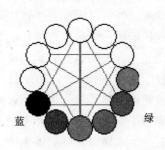

图 4.10   左图为暖色举例、右图为冷色举例

图形图像设计的原理和技术

4．色彩对比

两种以上的色彩，以空间或时间关系相比较，能比较出明显的差别，并产生比较作用，被称为色彩对比。

色相对比是指因色相之间的差别所形成的对比。当主色相确定后，必须考虑其他色彩与主色相是什么关系，才能增强表现力。

比如，将相同的橙色放在红色或黄色上，将会发现，在红色上的橙色会有偏黄的感觉，因为橙色是由红色和黄色调成的，当它和红色并列时，相同的成分被调和而相异部分被增强，所以看起来比单独时偏黄。这种现象称为色彩对比。除了色感偏移之外，对比的两色有时会发生互相色渗的现象，而影响相隔界线的视觉效果。当对比的两色具有相同的彩度和明度时，对比的效果越明显，两色越接近补色，对比效果越强烈。

明度对比是指因明度之间的差别形成的对比。柠檬黄明度高，蓝紫色的明度低，橙色和绿色属中明度，红色与蓝色属中低明度。

明暗对比是指将相同的色彩，放在黑色和白色上，比较色彩的感觉，会发现黑色上的色彩感觉比较亮，放在白色上的色彩感觉比较暗。明暗的对比效果非常强烈明显，对配色结果将产生影响。明度差异很大的对比，会让人有不安的感觉。

纯度对比是指一种颜色与另一种更鲜艳的颜色相比时，会感觉不太鲜明，但与不鲜艳的颜色相比时则显得鲜明，这种色彩的对比称为纯度对比。

补色对比是指将具有补色关系的色彩彼此并置，使色彩感觉更为鲜明，纯度增加（视觉的残像现象明显）。

同一色彩及同一对比的调和效果，均可能有多种功能；多种色彩及多种对比的调和效果，亦可能有极为相近的功能。为了更恰如其分地应用色彩及其对比的调和效果，使之与形象的塑造，表现与美化统一，使形象的外表与内在统一，使作品的色彩与内容、气氛、感情等表现要求统一，使配色与改善视觉效能的实际需求统一；使色彩的表现力、视觉作用及心理影响最充分地发挥出来，给人的眼睛与心灵以充分的愉快、刺激和美的享受，必须对色彩的功能进行深入研究。

但是，要逐一研究数以万计的色彩功能，既不可能，也没有必要。因此，只要研究一些最基本的色彩就可以了。

5．常用基本色的功能

1）红色

红色容易引起注意、兴奋、激动、紧张。人类眼睛一般不适应红色色光的长时间刺激。

在自然界中，不少芳香艳丽的鲜花，以及丰硕甜美的果实，和不少新鲜美味的肉类食品都呈现出动人的红色。因此在生活中，人们习惯以红色为兴奋与欢乐的象征，使之在标志、旗帜、宣传等用色中占了首位，成为最有力的宣传色。

火与血为红色，人们也习惯地将红色引作预警或报警的信号色。

2）黄色

黄色光的光感最强，给人以光明、辉煌、轻快、纯净的印象。

在自然界中，腊梅、迎春、秋菊以至油菜花、向日葵等都大量地呈现出美丽娇嫩的黄色。秋收的五谷、水果以其精美的黄色，在视觉上给人以美的享受。

在中国相当长的历史时期，帝王与宗教传统上均以辉煌的黄色作服饰；家具、宫殿与庙宇的色彩都相应地加强了黄色，给人以崇高、智慧、神秘、华贵、威严和仁慈的感觉。但人们也将黄色引作病态或反常的信号色。

3）橙色

橙色又称橘黄或金黄色。

在自然界中，橙柚、玉米、鲜花果实、霞光、灯彩都有丰富的橙色。因其具有明亮、华丽、健康、兴奋、温暖、欢乐、辉煌以及容易动人的色感，所以妇女们喜欢以此色作为装饰色。

橙色在空气中的穿透力仅次于红色，而色感较红色更暖。最鲜明的橙色应该是色彩中感受最暖的色，能给人有庄严、尊贵、神秘等感觉，所以基本上属于心理色性。历史上许多权贵和宗教界都用以装点自己，现代社会上往往作为标志色和宣传色。不过橙色也是容易造成视觉疲劳的颜色。

上述红、橙、黄3种颜色均称暖色，属于引人注目、芳香和引起食欲的颜色。

4）绿色

人的视觉对绿色光波长的微差分辨能力最强，也最能适应绿色光的刺激。

在自然界中，植物大多数呈现绿色，所以人们称绿色为生命之色，并把它作为农业、林业、畜牧业的象征色。由于绿色体的生物和其他生物一样，具有诞生、发育、成长、成熟、衰老到死亡的过程，这就使绿色出现各个不同阶段的变化，因此黄绿、嫩绿、淡绿就象征着春天和作物稚嫩、生长、青春与旺盛的生命力；艳绿、盛绿、浓绿象征着夏天和作物茂盛、健壮与成熟；灰绿、褐绿意味着秋冬和农作物的成熟、衰老。

5）蓝色

蓝色在视网膜上成像的位置最浅。如果红橙色被看做前进色时，那么蓝色就应是后退的远渐色。

蓝色的所在往往是人类所知甚少的地方，如宇宙和深海。古代的人认为那是天神水怪的住所，令人感到神秘莫测。现代的人把它作为科学探讨的领域。因此蓝色就成为现代科学的象征色。它给人以冷静、沉思、智慧和征服自然的力量。

现代装潢设计中，蓝与白不能引起食欲而只能表示寒冷，成为冷冻食品的标志色。把它们作为食欲色的陪衬色时，效果是相当不错的。

6）紫色

在可见光谱中，紫色光的波最短。尤其是看不见的紫外线更是如此。因此，眼睛对紫色光的细微变化的分辨力很弱，容易引起视觉疲劳。

紫色给人以高贵、优越、幽雅、流动、不安等感觉。明亮的紫色好像天上的霞光、原野上的鲜花、情人的眼睛，动人心神，使人感到美好，因而常用来象征男女间的爱情。

7）土色

土色指土红、土黄、土绿、赭石一类的混合色。

它们是土地和岩石的颜色，具有浓厚、博大、坚实稳定、沉着、恒久、保守、寂寞等意境。它们也是动物皮毛的色泽，具有厚实、温暖、防寒之感。它们近似劳动者与运动员的肤色，因此具有象征刚劲、健美的特点。它们还是很多坚果成熟的色彩，显得充实、饱满肥美，给人类以温饱、朴素、实惠的印象。

8）白色

白色是全部可见光均匀混合而成的，称为全色光，是光明的象征色。

白色明亮、干净、畅快、朴素、雅致与贞洁。但它没有强烈的个性，不能引起味觉的联想。在西方，特别是欧美，白色是结婚礼服的色彩，表示爱情的纯洁与坚贞。

9）黑色

黑色即无光无色之色。在生活中，物体反射光线的能力弱都会呈现出黑色的面貌。

黑色与其他色彩组合时属于极好的衬托色，可以充分显示其他色的光感与色感。黑白组合，光感最强，最朴素、最分明。在白纸上印黑字，对比极为分明。若黑线条极细，结构很均匀，对比效果不仅不刺激，而且很和谐，能提高阅读效率。

10）灰色

从光学上看，它居于白色与黑色之间，居中等明度，属无彩度及低彩度的色彩。

在生活中，灰色与含灰色数量极大，变化极丰富，凡是旧的、衰败、枯萎的都会被灰色所吞没。但是灰色又是复杂的色，漂亮的灰色常常要有优质原料精心配制才能生产出来，而且需要有较高文化艺术知识与审美能力的人，才乐于欣赏。因此，灰色也能给人以高雅、精致、含蓄、耐人寻味的印象。

11）极色

极色是质地坚实、表层光滑、反光能力很强的物体色。主要指金、银、铜、铬、铝、电木、塑料、有机玻璃，以及彩色玻璃的色。

这些色在适当的角度时反光敏锐，会感到它们的亮度很高，如果角度一变，又会感到亮度很低。其中金、银等属于贵重金属的色，容易给人以辉煌、高级、珍贵、华丽、活跃的印象。电木、塑料、有机玻璃、电化铝等是近代工业技术的产物，容易给人以时髦、讲究、有现代感的印象。总之，极色属于装饰功能与实用功能都特别强的色彩。

4.2 平 面 构 成

平面构成是视觉元素在二元的平面上，按照美的视觉效果及力学原理进行编排和组合。它是以理性和逻辑推理来创造形象、研究形象与形象之间的排列的方法，是理性与感性相结合的产物。

4.2.1 点的构成形式

当形体较小时，常给人以"点"的感觉。点的构成常有以下几种形式。

（1）不同大小、疏密的混合排列，使之成为一种散点式的构成形式，如图4.11所示。

（2）将大小一致的点按一定的方向进行有规律的排列，给人的视觉留下一种由点的移动而产生线化的感觉，如图4.12所示。

（3）把点以大小不同的形式，既密集、又分散地进行有目的的排列，产生点的面化感觉；将大小一致的点以相对的方向，逐渐重合，产生微妙的动态视觉，如图 4.13所示。

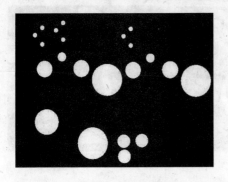 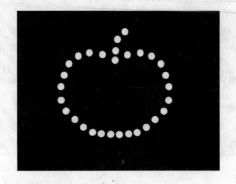

图 4.11　散点式的构成形式　　　　　图 4.12　点有规律排列的构成形式

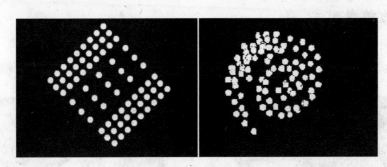

图 4.13　点以密集、分散；以相对的方向，逐渐重合排列的构成形式

4.2.2　线的构成形式

点移动便形成线。线的构成常有以下几种形式。

（1）面化的线（等距的密集排列），疏密变化的线（按不同距离排列）具有透视空间的视觉效果，如图 4.14 所示。

图 4.14　面化的线，等距的密集排列；疏密变化的线，透视空间的视觉效果

（2）粗细变化空间、虚实空间的视觉效果，错觉化的线（将原来较为规范的线条排列做一些切换变化），立体化的线，如图 4.15 所示。

123

第 4 章

图形图像设计的原理和技术

图 4.15　粗细变化空间；错觉化的线；立体化的线

4.2.3　面的构成形式

（1）几何形的面，表现规则、平稳、较为理性的视觉效果。自然形的面，不同外形的物体以面的形式出现后，给人以更为生动的视觉效果，如图 4.16 所示。

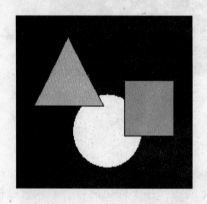

图 4.16　左图为几何形的面，右图为自然形的面

（2）人造形的面，有较为理性的人文特点，如图 4.17 所示。

4.2.4　单形的构成形式

（1）几何单形的相互构成（以圆形、方形、三角形为基本形体，将它们分别以连接、重合、重叠、透叠等形式构成不同形象特点的造型）。分割所构成的形体（用于训练设计者灵活的造型能力）如图 4.18 所示。

（2）重合所构成的形体（形体间相互重合、添加派生出各种形态各异的造型）。自然形单形的构成（把自然物的基本形以真实、自然、概括的形式表现出来，应用到构成设计中）如图 4.19 所示。

图 4.17　人造形的面，有较为理性的人文特点

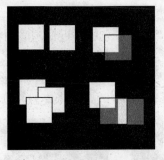 

图 4.18 左图为几何单形的相互构成，右图为分割所构成的形体

图 4.19 左图为重合所构成的形体，右图为自然形单形的构成

4.2.5 平面构成的形式

1. 平面构成的基本格式

基本格式大体分为：90 度排列格式、45 度排列格式、弧线排列格式、折线排列格式，如图 4.20 所示。

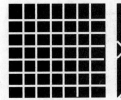   

图 4.20 90 度排列格式、45 度排列格式、弧线排列格式、折线排列格式

2. 重复构成形式

以一个基本单形为主体在基本格式内重复排列，排列时可进行方向、位置变化，具有很强的形式美感（简单重复构成、多元重复），如图 4.21 所示。

图 4.21 简单重复构成、多元重复

图形图像设计的原理和技术

3．近似构成形式

有相似之处形体之间的构成，寓"变化"于"统一"之中是近似构成的特征。在设计中，一般采用基本形体之间的相加或相减来求得近似的基本形；渐变构成形式（把基本形体按大小、方向、虚实、色彩等关系进行渐次变化排列的构成形式）；发射构成形式（以一点或多点为中心，呈现向周围发射、扩散等视觉效果，具有较强的动感及节奏感），如图 4.22 所示。

图 4.22　左图为近似构成形式、中图为渐变构成形式、右图为发射构成形式

4．空间构成形式

利用透视学中的视点、灭点、视平线等原理所求得的平面上的空间形态；分割构成形式如图 4.23 所示。

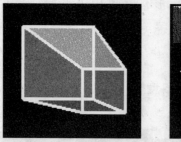

图 4.23　左图为空间构成形式，右图为分割构成形式

4.3　立 体 构 成

立体构成是美术学习中的一个基础概念，通过三维立体形体的构成以及熟练运用各种材质，可创造出富有美感和实用功效的立体造型。立体构成的照片如图 4.24 所示。

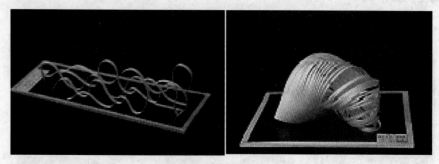

图 4.24　立体构成的图片

三维立体造型比二维造型多了一个维度，它要求不仅具有前面，而且还要具有侧面、上面、下面、后面等多视点、多角度的造型意识。三维立体造型和二维造型另一个重要区别在于，三维造型要具备能承受地心引力的力学性坚实结构，部分还必须有抵抗风、雨、雪、地震等各种外力影响的能力，以及使形体产生真实的运动等，这是二维造型所无法想象和实现的。

立体构成的对象分为三方面：一是"构成"形态的基本要素，如点、线、面、体、空间等；二是制作形态的材料，如木材、石材、金属等；三是材料构成过程中的形式要素，如平衡、对称、对比、调和、韵律、意境等。

在三维空间使用点、线、面、体、空间这些要素进行构成和在二维空间有很大不同。因此，在立体构成中，对形态要素的研究仍然非常重要。

1. 点

点在立体造型上的特点是确定位置。它在造型学上的特性是通过凝聚视线而产生心理张力。点的概念不是绝对的，如某个人和蚂蚁在一起时这个人是一个"体"，而当这个人和一座楼房比较时就是一个点了。

点的连续排列可以形成虚线，点的密集排列可以形成虚面与虚体。当点与点之间的距离越小就越接近线和面的特性。由点构成的虚线、虚面、虚体虽没有实线、实面、实体那样具体、结实和厚重的感觉，但虚线、虚面、虚体所具有的空灵、韵律、关联的特殊感也是实线、实面、实体所不具备的。

2. 线

线在造型学上的特点是表达长度和轮廓。线因为其粗、细、直、光滑、粗糙的不同会给人带来不同的心理感受。粗线给人以刚强有力的感觉，而细线会给人以纤小、柔弱的感觉；直线给人以正直、刚强的感觉，而曲线会给人以圆滑、柔和的感觉；光滑的线条会给我们细腻、温柔的感觉，而粗糙的线条会给我们粗犷、古朴的感觉。因此，不同线的选择对立体形态的整体效果的表达是不同的。

线的构成方法很多，或连接或不连接，或重叠或交叉，依据线的特性，在粗细、曲直、角度、方向、间隔、距离等排列组合上会变化出无穷的效果。

3. 面

面在造型学上的特点是表达一种"形"，它是由长度和宽度两个维度所共同构成的"二维空间"。面有三种基本的形：正方形、三角形和圆形。正方形的特点是表达垂直和水平；三角形的特点是表达角度和交叉；圆形的特点是表达曲线和循环。由此派生出来的长方形、多边形、椭圆形等都离不开 3 种基本形的特点。

面的构成也有多种方式。

利用数学法则、定律构成的形称"几何形"，它给人明确、理智、有秩序的感觉，但容易产生单调和机械的弊病。有机形的面是一种不能用几何方法求出的曲面，富于流动与变化，同时不违背自然规律和秩序，给人舒畅、和谐、自然、古朴的感觉，但需要考虑形本身和外在力的相互关系才能合理存在。自然形成、非人的意志可以控制结果的偶然形面给人特殊、抒情的感觉，但有难以得到和流于轻率的缺点。不规则形是大自然中与几何形形成对比的更为复杂的形，比几何形更具人情味和温暖感，更自然，更具个性。

4. 体

任何形态都是一个"体"。体在造型学上有 3 个基本形：球体、立方体和圆锥体。而根据构成的形态区分，又可分为半立体、点立体、线立体、面立体和块立体等几个主要的类型。半立体是以平面为基础，将其部分空间立体化，如浮雕；点立体即是以点的形态产生空间视觉凝聚力的形体，如灯泡、气球、珠子等；线立体是以线的形态产生空间长度的形体，如铁丝、竹签等；面立体是以平面形态在空间构成产生的形体，如镜子、书本等；块立体是以三维度的有重量、体积的形态在空间构成完全封闭的立体，如石块、建筑物等。

半立体具有凹凸层次感和各种变化的光影效果；点立体具有玲珑活泼、凝聚视觉的效果；线立体具有穿透性、富有深度的效果，通过直线、曲线以及线的软硬可产生或虚或实、或开或闭的效果；块立体则有厚实、浑重的效果。在立体构成中，根据需要恰当运用各种立体，使作品的表现力大大增加。

5. 空间

空间是由点、线、面、体占据或围合而成的三度虚体，具有形状、大小、材料等视觉要素，以及位置、方向、重心等关系要素。

闭合与开敞是空间的正负反映，是人类生活的私密性与公共性的需要。空间的闭合程度影响着人们的心理空间，全封闭的空间给人以明确的领地感，私密、安全、隔离感，尤其是当人处于面积较小的全封闭空间时这种作用力更为明显。部分开敞的空间更具有方向性、明暗与光影变化，以及与外界的联系，从而减少了空间限定的压力，使空间感有所扩大。全开敞的空间更减少了限定空间的面之间的作用而与四周物体发生了明显的力的作用，形成了更为强烈的连续感和融合感。深度是空间的本质，人在环境中随时都具有处于不同深度的空间感知。空间的深度感可表现为多种形式：透视的消失现象所表现出的渐变的形的关系，如路灯、电线杆等远近透视；重叠也是空间深度的一种表现，反映出前后、远近空间形体的位置关系，如山脉的层次感；材质肌理的远近尺度不同对深度感知也具有作用，如园林中经常在有限的空间里创造出的丰富意境，正是运用了草、石、砖、瓦等不同材质，以及人工与自然的手段而创造出来的。

另外还要对制作形态的材料要加以研究，这是因为各种材料所具有的强度、重量、肌理、质感、柔硬等特性都不同。例如用植物纤维、石膏、粘泥制作成的同一外形的物体，其给人的感受和理解是不同的。

由于立体构成相对平面构成复杂一些，对于非美术类专业的学生了解初步的概念即可。感兴趣的读者可以参阅其他相关书籍。

4.4 印前处理技术

印刷品从设计到印刷前往往需要以下流程。

（1）明确设计及印刷要求，接受客户资料。

（2）进行设计和制作（包括输入文字、图像、创意、拼版等）。

（3）用打印机输出黑白或彩色的校样稿，让客户审阅。

（4）按客户修改意见进行修改，直到定稿。

（5）让客户签字后，到"彩色输出中心"输出胶片（又叫"菲林片"）。

（6）印刷前一般还需要打样（即出一张与印刷后效果一样的印刷品）。

（7）送交印刷打样，让客户看是否有问题。如无问题，让客户签字认可，"菲林片"就可送印刷厂印刷了，至此印前工作即告完成。如果打样中有问题，则还得修改，重新进行（4）～（7）过程。

以上虽然描述了印刷品印刷前需要处理的 7 个过程，但在这些过程的前后还有许多技术细节问题。下面将对这些问题进行说明。

1．印前图像需要加网

印刷工艺决定了印刷只能采用用网点再现原稿的连续色调层次的方法进行。

若将图放大看，就会发现是由无数个大小不等的网点组成的。我们看到网点大小虽然不同，但都占据同等大小的空间位置，这是因为原稿图像一经加网以后，就把图像分割成无数个规则排列的网点，即把连续调图像信息变成离散的网点图像信息。网点越大，表现的颜色越深，层次越暗；网点越小，表现的颜色越浅，表示的层次越亮。每个网点占有的固定空间位置大小是由加网线数决定的。加网线数的单位是 Line Per Inch（线/英寸），简称 lpi。例如加网线数为 150lpi，表示每英寸上加有 150 条网线。

2．印刷图像加网线数与图像分辨率、扫描分辨率、激光照排机输出分辨率之间的关系

由于印刷品是由网点组成的，故印刷图像加网线数是指印刷品在水平或垂直方向上每英寸的网线数，即加挂网网线数。给图像加挂网，挂网目数越大，网数越多，网点就越密集，层次表现力就越丰富。

位图图像分辨率是单位长度内的图像由多少个像素点来描述，单位长度内所用的像素点越多、分辨率就会越高。分辨率单位一般为 Pixels Per Inch（像素/英寸），通常用英文表示为 ppi。

有些设备的分辨率和图像的分辨类似，只是它们是用点来表达的，故其表示为 Dot Per Inch（点/英寸），简称 dpi。如分辨率为 1200dpi 的图像扫描仪的图像输入精度为每英寸可采集 1200 个点或像素。3600dpi 的激光照排机的图文输出精度为每英寸可曝光 3600 个激光点。

图像分辨率 dpi 与印刷挂网线数 lpi 既有联系又有区别。图像分辨率要高于印刷挂网线数 lpi。一般是 2×2 个以上的像素生成 1 个网点，即 lpi 是 dpi 的二分之一左右。如 lpi=150，dpi=300。

3．印刷色

印刷色就是由不同的 C（青）、M（品）、Y（黄）、K（黑）的百分比组成的颜色，所以称之为混合色更为合理。C、M、Y、K 是通常采用的印刷四原色（青、品、黄、黑）的代表符号。

在印刷原色时，这四种颜色都有自己的色版，在每张色版上记录了这种颜色的网点，把四种色版合到一起就形成了所定义的原色。

一张印刷纸需要印 4 次（四张色版轮流印到这张纸上，即所谓的"四色套印"）。

4．数字照相机的图像用于印刷

数字照相机分家用型照相机和专业制版数字照相机。专业制版数字照相机分辨率都很高，图像质量一般不会存在问题。但是，对于普通家用数字相机的图像能否用于印刷还应该仔细检查。简便的方法是，将照片在 Photoshop 中打开，把分辨率改为 300dpi，注意图像尺寸也要符合要求。如果图像在符合要求的尺寸下显示清晰而且层次清楚细腻的话，那么印刷出来应该没有问题。如果不是这样，那么印刷出来可能会有问题。

5．印刷品计算机设计系统需要使用大容量存储器

印刷品计算机设计中要用到许多照片、图片等，它们的分辨率通常要求为 300dpi，比制作显示器显示用的图片的分辨率要高许多，因此图像所占用的本地硬磁盘空间很大。例如，一个 4 开的拼版文件，存储容量有时要超过 100MB 甚至 200MB。

要将拼版文件拿到"彩色输出中心"输出胶片（"菲林片"），常使用大容量的存储器，如：光磁盘（MO），盘片有 250MB 和 600MB 或更大；移动硬盘；U 盘等。

6．印前常涉及的图像文件格式

设计中常用的图像文件格式如下。

（1）TIFF 格式。TIFF 格式用以保存由色彩通道组成的图像，它的最大优点是图像不受操作平台的限制，无论 PC、MAC 机还是 UNIX 机都可以通用。它还可以保存 Alpha 通道，可以在一个文件中存储分色数据。

（2）EPS 格式。EPS 格式用于印刷及打印，可以存储 Alpha 通道、路径和加网信息等。

（3）GIF 是一个 8 位的格式，只能表达 256 级色彩，是网络传播图像的常用格式。

（4）PSD 主要作为图像文件的一个中间过渡，用以保存图像的通道及图层等，以备日后再作修改。在 Photoshop 中常需要使用这种格式的文件。

（5）JPG 是一种常用的文件格式，也是一种常用的压缩方法，这种压缩是有损的，损失大小不等，有时小到人眼分辨不出。

7．扫描仪的种类

常用扫描仪的种类如下。

（1）滚筒扫描仪。分为高档滚筒式扫描仪和小型台式滚筒扫描仪。印刷用扫描一般选用前者。

（2）平板扫描仪。分高、中、低 3 个档次。中、低档次印刷用可以选用高、中档次平板扫描仪。

（3）手持式扫描仪。用于办公室或制作网页等精度和层次要求较低而又方便携带的场合。

（4）胶片和透明介质扫描仪。用于数字化 35mm 的正片和负片扫描。

8．常用的输出设备

设计好的页面电子文件可采用以下设备输出。

（1）黑白激光打印机。用于打印黑白校稿或最终的黑白正式稿。

（2）彩色激光打印机。用于打印最终的彩色正式稿。

（3）彩色喷墨打印机。用于打印彩色效果稿或最终的彩色正式稿。

（4）彩色大型喷绘机。用于打印大型彩色效果或最终的彩色正式稿。

（5）数字打样机。用于检查页面的内容、颜色的效果。

（6）激光照排机。用于输出晒版用的菲林片。

（7）直接制版机。用于输出印刷用印版。

（8）数字印刷机。直接由电子页面输出印刷品，而不需要菲林和印版。

9．分色

分色就是将扫描图像或其他来源的图像的色彩模式转换为 CMYK 模式。

一般扫描图像为 RGB 模式，用数字相机拍摄的图像也为 RGB 模式，从网上下载图片大多数还是 RGB 色彩模式。如果要印刷的话，必须进行分色，分成黄、品、青、黑 4 种颜色，这是印刷所必须要求的。如果不进行分色，图像色彩模式仍为 RGB 或其他模式的话，那么印刷时将会出错。

在图像由 RGB 色彩模式转为 CMYK 色彩模式时，有些图像上的一些鲜艳的颜色会产生明显的变化，这是因为 RGB 的色域比 CMYK 的色域大。因此有些印刷品在印刷完毕后，还要过一层光胶，一方面可以防水防皱，另一方面也可以弥补色彩鲜艳度不足的问题。

10．专色和专色印刷

专色是指在印刷时，不是通过印刷 C、M、Y、K 四色合成这种颜色，而是专门用一种特定的油墨色来印刷该颜色。专色油墨是由印刷厂预先混合好或油墨厂生产的。对于印刷品的每一种专色，在印刷时都有专门的一个色版对应。使用专色可使颜色更准确。尽管在计算机上不能准确地表示颜色，但通过标准颜色匹配系统的预印色样卡，即能看到该颜色在纸张上的准确的颜色，如 Pantone 彩色匹配系统就创建了很详细的色样卡。

对于设计中设定的非标准专色颜色，印刷厂不一定能很准确地调配出来，而且在屏幕上也无法看到准确的颜色，所以若不是特殊的需求就不要轻易使用自己定义的专色。

11．如何印金银色

在设计中，客户常常要求用到金色和银色印刷，由于金色和银色不能由四色印色来实现，故其印刷和技术都有特殊的要求。印刷时，金色和银色是按专色来处理的，即用金墨和银墨来印刷，故其菲林片也应是专色菲林片。需要单独出一张菲林片，并单独晒版印刷。

在进行计算机设计时，应定义一种颜色来表示金色和银色，并定义其颜色类型为专色就可满足设计的要求。由于金银和银色是不透明的，故设计时可以对金、银色内容设定为压印（Overpint）。

12．印刷用纸

1）纸的单位

（1）克：纸张的克重是指每平方米纸张的重量，如 70g 是指每平方米纸的克重是 70 克。克重越高，纸张越厚。

（2）令：500 张纸单位称为令(出厂规格)。

（3）吨：与平常单位一样，1 吨等于 1000 公斤，用于算纸价。

2）纸的规格及名称

（1）纸最常见有 4 种规格。

① 正度纸：长 109.2 厘米，宽 78.7 厘米。

② 大度纸：长 119.4 厘米，宽 88.9 厘米。

③ 不干胶：长 765 厘米，宽 535 厘米。

④ 无碳纸：有正度和大度的规格，但有上纸、中纸、下纸之分，纸价不同。

图形图像设计的原理和技术

（2）纸张最常见的名称。

① 拷贝纸：17g 正度规格，用于增值税票，礼品内包装，一般是纯白色。

② 打字纸：28g 正度规格，用于联单、表格，有 7 种色分：白、红、黄、兰、绿、淡绿、紫色。

③ 有光纸：35～40g 正度规格，一面有光，用于联单、表格、便笺，为低档印刷纸张。

④ 书写纸：50～100g 大度、正度均有，用于低档印刷品，以国产纸最多。

⑤ 双胶纸：60～180g 大度、正度均有，用于中档印刷品以国产、合资及进口常见。

⑥ 新闻纸：55～60g 滚筒纸、正度纸、报纸选用。

⑦ 无碳纸：40～150g 大度、正度均有，有直接复写功能，分上、中、下纸，上中下纸不能调换或翻用，纸价不同，有 7 种颜色，常用于联单、表格。

⑧ 铜版纸：双铜 80～400g 正度、大度均有，用于高档印刷品。单铜：用于纸盒、纸箱、手挽袋、药盒等中、高档印刷。

⑨ 亚粉纸：105～400g 用于雅观、高档彩印。

⑩ 灰底白板纸：200g 以上，上白底灰，用于包装类。

⑪ 白卡纸：200g，双面白，用于中档包装类。

⑫ 牛皮纸：60～200g，用于包装、纸箱、文件袋、档案袋、信封。

⑬ 特种纸：一般以进口纸常见，主要用于封面、装饰品、工艺品、精品等印刷。

13．印前费用和印后加工费用

开机印刷前工序叫印前费用，印刷后再有加工程序叫印后加工费用。

打字、设计、制作、扫描、胶片、硫酸纸、喷墨打样、激光打样、电分、电分打样、接稿、校稿、车费均为印前费用。

印后加工：烫金、凸凹、压纹、过塑、压线、啤、粘、切、包装、运费均为印后加工费用。

14．印刷设备

（1）滚筒印刷机：印报纸、书刊、杂志，有国产机和进口机。

（2）全开印刷机：印所有纸张印刷品均可以。

（3）对开机、四开机、六开机、八开机：四开机和对开机又分单色、双色、四色。

（4）印前设备：胶版发排机、打样机、苹果计算机、彩喷机、激光机扫描仪等。

（5）印后设备：拼版机、拆页机、切纸机、烫金机、压纹机、凸凹机、打码机、捡联机、过塑机、装订机等一些印后加工设备。

（6）其他印刷设备：不干胶印刷专业机、计算机专用联单印刷机、名片专用机、速印机、复印机、包装、纸箱印刷机等。

印刷彩印还分水和酒精两种墨水分离。

印刷还分手动操作、机械操作、计算机全自动操作。

15．常用术语

开本：指书刊幅面的大小，即一张全开的印刷用纸裁切成相等的若干小张，这些小张的数量就称为开本数；将它们装订成册，就称为多少开本。常用的开本有 32 开、16 开和 64 开等。

版心：版面上除去周围白边，剩下的文字和图片部分就是版心。

书芯：将折好的书帖按其顺序经配，订后的半成品。

书背：也称后背，指书帖配岫后需粘联的平齐部分。

飘口：封面比书芯多出来的边叫飘口。

天头：图书版面的上部空白叫天头。

地脚：图书版面的下部空白叫地脚。

前口：也称口子或口子边，指订口折缝边相对的毛口阅读边位置。

订口：靠近书籍装订处的空白叫订口；另一边叫切口。

磅：是字体排版之量度单位，英文字母最小单位是 Point，1 英寸分 72 磅。"级"在光学照排时代是指文字大小，4 级为 1 个 mm。"号"是指铅印时代字粒大小，最大特号字 72 磅，最小 8 号字 5 磅。

色域：印刷或屏幕显示所能表达的色彩范围。

阶调值、阶调的量度：在印刷技术中通常用透射和反射的程度、密度表示。高调图片中受光多的部分光亮雪白，称为高调。低调是指图片阴暗部分，或称暗调。

明度：表示色所具有的亮度和暗度被称为明度。

色相：指的是这些不同波长的色的情况。

彩度(饱和度)：用数值表示色的鲜艳或鲜明的程度称之为彩度。

派卡：是标定专栏或页面长宽的测量单位。为六分之一英寸。艺术字、像绘画般的字体。

色令：平版印刷计量单位。以对开纸 1000 张印一色为一色令。

出血：延伸至页面裁切边的图像或色块。套印、两色以上印刷时，各分色版图文能达到和保持位置准确的套合。

糊版：由于印版图文部分溢墨，造成承印物上的印迹不清晰。

印张：一本书刊所用纸张数量的计量单位。以单张对开纸印刷两面为一个印张。

打样：一般是在和印刷条件基本相同的情况下（如纸张、油墨、印刷方式等），把用原版晒制好的印版，安装在打样机上进行印刷得到样张。

反射稿：指不能透光的原稿。

透射稿：指能透光的原稿如底片、反转片。

彩色原稿：画面呈多种颜色，彩色原稿也有透射反射、线条层次之分。

彩色负片：彩色透射原稿的一种。用负型彩色感光片拍成，属于层次稿。彩色负片上的颜色是景物实际颜色的补色。

彩色正片：彩色透射原稿的一种。用正型或反转型彩色感光片拍成，属于层次稿。彩色正片上的颜色与景物的实际颜色一致。

印刷过程的前前后后可能还有上面未提到的问题，感兴趣的读者可以参阅其他相关书籍。

4.5 海报设计

如同钢琴是"乐器之王"，狮子是"百兽之王"，海报也被平面设计界誉为"设计之王"。学习平面设计，首先应该从"设计之王"做起。有了海报设计的经验，其他类型的设计就可以驾轻就熟，举一反三，很多问题都可以迎刃而解了。因此，只要是从事图形图像设计的人员，海报设计作为 门基础训练都非常重要。本节介绍海报的设计方法，也介绍了一些可以借助海报的设计方法制作的产品，如书籍和杂志封面、小型宣传品、手提袋、包装盒、计算机人物绘画、企业识别系统等，这些产品都可以看成是海报的衍生品，其设计和制作都可以借鉴海报的设计和制作。

1．起源与分类

海报在 1860 年创始于法国，而后就在欧美一些国家大行其道。海报主要张贴在车站、地铁和街头。大约在 1968 年，海报开始进入室内装潢领域，人们争先恐后购买适合自己品味的各种海报，用于装饰自己的居室。

海报无论在表现形式与内容、尺寸大小、表现手法、画面处理、文字与影像效果等方面都有独到之处，相对于其他广告媒体，海报设计所展现的视觉震撼效果与影响力是无与伦比的。在世界各国的大都市中，无论是在广场、公园、车站、港口、地铁、商业场所、街头巷尾，还是在电视、互联网的网页上，举目所见都可以看到设计精美、主体鲜明的海报作品。

海报是由 Poster 一词翻译而来，原意是"贴在柱子上的画"。中文翻译成"海报"，海是四海；报是通报。海报有向四面八方告示传达的意思。海报根据用途可分为 7 大类：商业海报、公益海报、宣传海报、文化海报、艺术海报、观光海报、体育海报等。

2．设计要求

海报是"绘画性"和"设计性"兼具的视觉传播媒体。海报就其内容而言一般具备 5 大要素：插图、色彩、影像、版式和文字。对于计算机图形图像制作而言，海报制作的一般过程是：图形设计→版式设计→文字设计→着色渲染→图像处理。

海报设计一般有以下 6 个基本要求。

（1）构图和色彩要达到浅显易懂、简单明了的效果。

（2）色彩和插图在画面上具有和谐的表现。

（3）构成要素必须化繁为简，突出重点、突出主题。

（4）画面能营造一种魅力、均衡和富于感染力的氛围。

（5）编排和内容必须出奇制胜，具有强烈而惊人的震撼力。

（6）在构图、制作和印刷都要重视高水准的和独创性的设计技巧。

3．美学原理

简单地说，海报要遵循的美学原理如下。

（1）律动（Rhythm）。

（2）对称（Symmetry）。

（3）对比（Contrast）。

（4）平衡（Balance）。

（5）比例（Proportion）。

（6）调和（Harmony）。

（7）统一（Unify）。

图 4.25～图 4.27 是 2008 年北京奥运会的一些创意海报，从中可以看到设计者将美学原理娴熟地应用于海报的设计中了。

图 4.25　创意海报之一

图 4.26　创意海报之二

图 4.27　创意海报之三

图形图像设计的原理和技术

实验 4-1 海报设计和制作 1

1．实验要求

了解一般印刷品印前的必要处理，掌握海报设计的一般要求和过程。

2．实验提示

1）常用印刷纸张规格（可参考 4.4 节中的"印前处理技术"部分）

本实验为小型海报，采用"正度 16 开"大小的纸张。

正度 16 开（一般杂志大小）：185mm×260mm。大度 16 开：210mm×285mm。全开正度：780mm×1080mm。大度：880mm×1180mm。所谓开数就切成几份的意思，例如 8 开的纸就是全开的 1/8 大小。设计前要先仔细选定纸张的尺寸，印刷完毕后还要用机器切成所需的大小，以避免纸张印的浪费。

由于彩色印刷是四色套印，机器还要抓纸走纸等，所以纸张的边缘是不能印刷的、或者印刷出来不合格，因此在设计时，要加留边（又叫出血线，小型印刷品的留边一般为 3mm）。另外还要加 CMYK 色块，以区分 C、M、Y、K 四张色版，参考图 4.28。

图 4.28 留边及 CMYK 色块设置

2）设计要求

平面艺术只能在有限的篇幅内与读者接触，这就要求版面表现必须主题鲜明而且具有视觉冲击力。最忌讳的是没有重点和主题的设计。

3．操作步骤

（1）进入 CorelDRAW，单击"文件"|"新建"命令。再单击主菜单栏上的"版面"|"页设计"命令，在系统弹出的"选项"对话框中进行设置。

（2）在"选项"对话框左边，将"页面"从+号变为–号，再选择"大小"。在窗口右边，"纸张"选择 A4，则"宽度"、"高度"数值由系统自动添加上去，如图 4.29 所示。

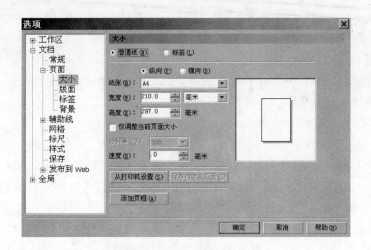

图 4.29　页面大小设置

在"选项"对话框的左边窗格中,将"辅助线"从+号变为–号,选择"水平"选项。在"选项"对话框的右边窗格中,输入一个数值后,单击"添加"按钮;再输入一个数值,再单击"添加"按钮。一共添加 4 条水平辅助线(0,3,263,266),然后单击"确定"按钮,则水平辅助线即被添加到页面上。

用同样的方法再添加 4 条垂直辅助线(0,3,188,191),如图 4.30 和图 4.31 所示。

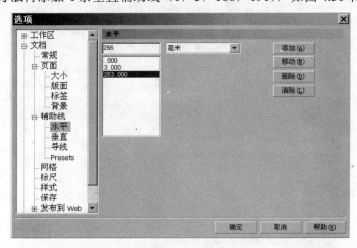

图 4.30　添加辅助线

这实际上就是在"16 开(185mm×260mm)"的四周添加了 4 条留边线(出血线)。保存刚才建立的 CorelDRAW 文件,文件起名为"海报-1"。

(3)进入 Photoshop CS,选主菜单下的"文件"|"新建"命令,在弹出的对话框中进行设置,起名为"海报-1",设置如图 4.32 所示。设置完毕,单击"好"按钮。

(4)事先准备 3 张图(史密特夫妇、小汽车、背景),分别打开,然后将这 3 张图分别粘贴在 Photoshop CS "海报-1"文件的不同图层上,调整好它们的大小和位置,如图 4.33 和图 4.34 所示。

图形图像设计的原理和技术

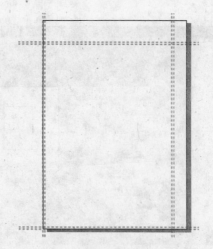

图 4.31　添加辅助线后的页面

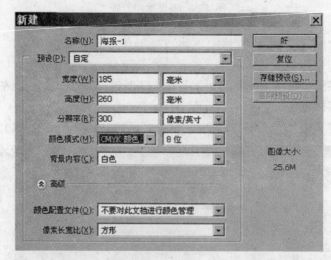

图 4.32　在 Photoshop CS 中新建一个文件

图 4.33　分别打开 3 张事先准备好的图（史密特夫妇、小汽车、背景）

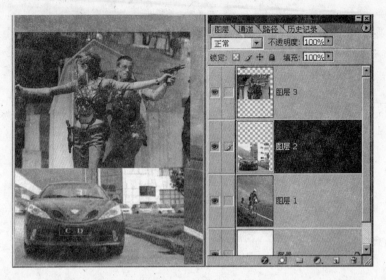

图 4.34　3 张图分别粘贴在"海报-1 文件"不同的图层上，调整好大小和位置

（5）对于"背景"图，用 ![icon]工具处理掉上面的人物。对于"小汽车"图，建立一个新路径（即用 ![icon]工具勾出上面的小汽车的轮廓路径），将该路径转化为选区。"复制"该选区上的小汽车，然后"粘贴"，则系统自动建立一粘贴层。这时将原来小汽车图所在的图层删去。

用处理"小汽车"图的方法处理"史密特夫妇"图，结果如图 4.35 所示。

图 4.35　对 3 张图进行处理后的排列位置

（6）选中"背景"图层，选择"滤镜"|"模糊"|"径向模糊"命令，在弹出的对话框中进行参数设置，如图 4.36 所示。

对于粘贴上的"小汽车"图层，再复制一层，然后对两层"小汽车"中下面一层的"小汽车"也进行与"背景"图层同样的"径向模糊"操作，结果如图 4.37 所示。

139

图形图像设计的原理和技术

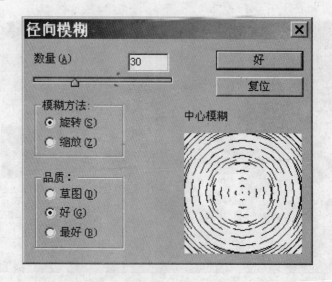

图 4.36 使用"滤镜"|"模糊"|"径向模糊"处理参数设置

图 4.37 "径向模糊"及旋转处理后的效果

（7）保存文件"海报-1-1"，扩展名为 psd。单击图层面板下的"拼合图层"，使所有图层合并，如图 4.38 所示。单击"文件"|"存储为"命令，将文件命名为"海报-1-1-单层"，扩展名选择 tiff。

（8）关闭 Photoshop CS，进入 CorelDRAW 文件"海报-1-1"。选择"文件"|"导入"命令，将刚才在 Photoshop CS 中制作好的"海报-1-1-单层"tiff 图文件导入，并添加文字和图形效果，如图 4.39 所示。

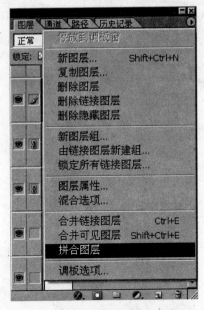

图 4.38 拼合图层

图 4.39 导入 tiff 图，并添加文字和图形效果

（9）选择"变量"|"对齐辅助线"命令，用 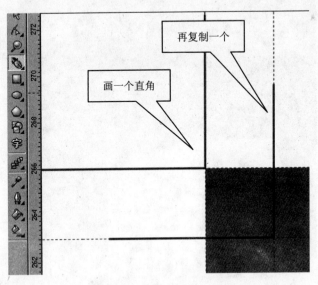 工具在海报版面左上角的辅助线上画一个直角线，单击轮廓线颜色设置图标 ，使该直角线的颜色为 C=100、M=100、Y=100、K=100（保证直角线在 4 张色板上都出现）。再复制一个这样的直角线，然后使用"群组"选项将它们组合起来，则"出血线"（即印刷完毕后的裁切线）的一个角就制作好了，如图 4.40 所示。

图 4.40 制作"出血线"

再在海报版面的其他 3 个角进行复制（注意使用镜像变换等功能）。

"出血线"制作完毕后，可将"变量"|"对齐辅助线"前面的"√"标记去掉。

（10）在海报版面左上角"出血线"旁上方制作 4 个色块，每个色块的 CMYK 颜色分别为（100，0，0，0 即青色，0，100，0，0 即品色，0，0，100，0 即黄色，0，0，0，100 即黑色）并在旁边标出同色的字母，如图 4.41 所示。这样在出 4 张"菲林片"（即胶片）时，用于区分哪张是青色版、哪张是品色版、哪张是黄色版、哪张是黑色版。因为 C（青）色只能出在 C（青）色的那张色版胶片上，其他 3 张的道理类同。

图 4.41　制作 C、M、Y、K 颜色的 4 个色块和文字

（11）最后还要再加一些说明文字。注意随时保存文件。

至此该文件就可以"发排"（即出胶片了）。当然，在出胶片之前还要出黑白或彩色打印稿，进行"一校"、"二校"、"三校"，并分别签名，以保证文字图片的准确无误。

4．作品分析

实用美术的平面设计作品一般包含以下 4 个部分，参考图 4.42。

图 4.42　平面作品设计一般包含 4 个部分

（1）背景：一般处理得较为朦胧，以衬托主题。

（2）主角：一般为表现主题的照片。

（3）主题：一般为文字，点明主题。

（4）花边：一般为细线、花边、细小的文字，起装饰和增加层次感的作用。

设计者可对收集到的实用美术平面设计作品进行比对，总结规律。

实验 4-2　海报设计和制作 2

在此再制作一张海报（操作步骤如下）。

（1）进入 CorelDRAW，其步骤与实验 4-1 "操作步骤"（1）、（2）类同。保存 CorelDRAW 文件，起名为"海报-2"。保存文件。

（2）进入 Photoshop CS，选择"文件"|"新建"命令，在弹出的对话框中进行如图 4.43 所示的设置。设置完毕，单击"好"按钮。

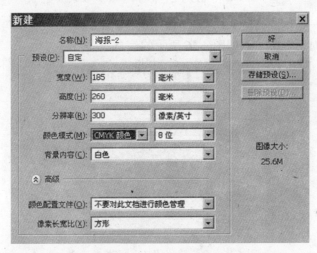

图 4.43　新建文件

（3）打开一幅图（人物肖像），选择"图像"|"模式"|"灰度"命令，如图 4.44 所示。

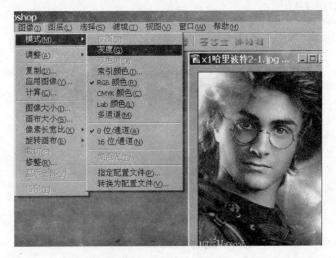

图 4.44　变为灰度模式

图形图像设计的原理和技术

再选择"图像"|"模式"|"双色调"（白-暗红）命令，在弹出的对话框中输入如图 4.45 所示的信息。

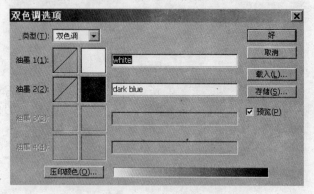

图 4.45　变为双色调（白-暗红）模式

（4）再打开另一幅图（背景），先变为灰度图，再处理成"双色调"（白-深蓝）模式。在"双色调选项"对话框中输入如图 4.46 所示的信息。

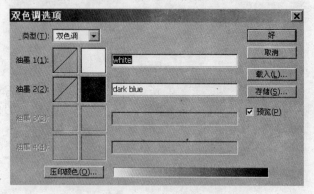

图 4.46　变为双色调（白-深蓝）模式

（5）将处理过的这两幅图，分别粘贴到 Photoshop CS 文件"海报 1-1-2"中，并调整其大小和位置，如图 4.47 所示。

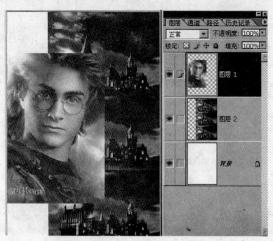

图 4.47　两幅图粘由到 Photoshop CS 文件"海报 1-1-2"中

（6）用 🖋 工具对"人物肖像"制作路径 1，再将"路径 1"变为选区，如图 4.48 所示。

图 4.48　制作"路径 1"并将其变为选区

（7）选中人物肖像层，选择"图层"|"添加图层蒙版"|"显示选区"命令，则人物肖像层只显示选区部分（即加上了"显示选区"蒙版），如图 4.49 所示。

图 4.49　给人物肖像层加上"显示选区"蒙版

（8）同样用 🖋 工具对"背景"层制作路径 2，再将"路径 2"拖入到"路径变为选区"图标处，使路径变为选区。选中"背景"层，选择"图层"|"添加图层蒙版"|"显示选区"命令，则"背景"层也加上了"显示选区"蒙版，如图 4.50 和图 4.51 所示。

（9）分别用 T 横排文字工具输入文字，如图 4.52 所示。

（10）保存文件，扩展名为 psd。单击图层面板下的"拼合图层"，使所有图层合并。另存文件并起名为"海报 1-2-单层"，扩展名为 tiff。

图形图像设计的原理和技术

图 4.50　制作"路径 2"并将其变为选区

图 4.51　给背景层加上"显示选区"蒙版

图 4.52　分别用横排文字工具输入文字

（11）关闭 Photoshop CS，进入 CorelDRAW 文件"海报 1-2"。选择"文件"|"导入"命令，将刚才在 Photoshop CS 中制作好的"海报 1-2-单层.tiff"图文件导入。用星形工具画一个四角星，如图 4.53 所示。

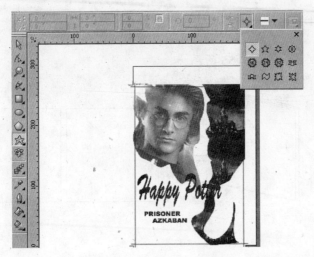

图 4.53　将"海报 1-2-单层.tiff"图导入，用星形工具画一个四角星

（12）选中所画的四角星，右击选择"转为曲线"命令，再用"形状"工具进行拖拽。复制若干个，然后旋转并填充成不同颜色和样式。用 工具从右下角起画两条互相垂直的细线，如图 4.54 所示。

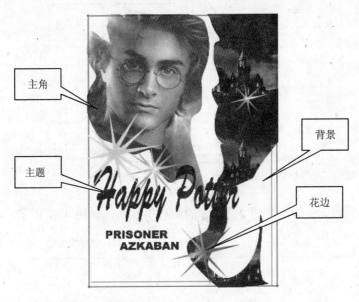

图 4.54　使四角星"转为曲线"，用钢笔工具画两条细线

观察该作品是否包含 4 个部分：背景、主角、主题、花边。

（13）将 CorelDRAW 文件"海报-1"所制作的"出血线"、"CMYK 色块"复制到"海报–2"的文件上，即可完成设计。

实验 4-3　书籍杂志封面设计

1．实验要求
（1）认识书籍、杂志的外观。

（2）掌握一般书籍杂志封面的设计和制作。

2．实验提示

（1）认识书籍外观，如图 4.55 所示。

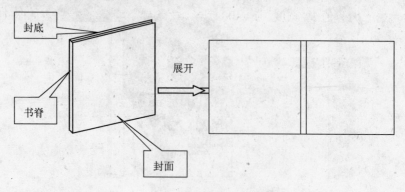

图 4.55　书籍的外观

（2）杂志彩色封面、封底、封 2、封 3，如图 4.56 所示。

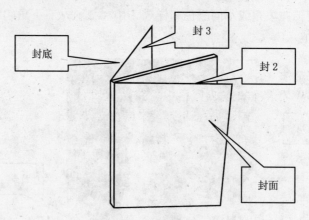

图 4.56　杂志的外观

（3）杂志彩色封面、封底、封 2、封 3 的两种拼版法，如图 4.57 所示。

图 4.57　杂志彩色封面、封底、封 2、封 3 的两种拼版法

3．上机实践（操作步骤）

（1）进入 CorelDRAW，单击"版面"｜"页设计"命令，在"选项"对话框的左边窗格中，将"页面"从+号变为–号，再选择"大小"选项。在窗口右边，"纸张"选择"自定义"，再输入相应的数值（"宽度"为 400 毫米、"高度"为 280 毫米），如图 4.58 所示。单击"确定"按钮。

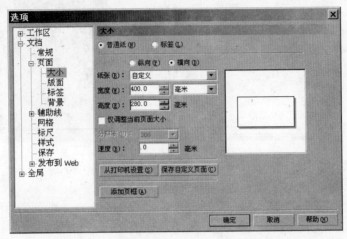

图 4.58　定义页面

（2）在"选项"对话框的左边窗格中，将"辅助线"从+号变为–号，选择"水平"。在右边窗格中，输入一个数值后，单击"添加"按钮一次。一共添加 4 条水平辅助线（0，3，263，266），然后单击"确定"按钮，则水平辅助线即被添加到页面上。用同样的方法添加 6 条垂直辅助线（0，3，188，195，380，380），如图 4.59 所示。

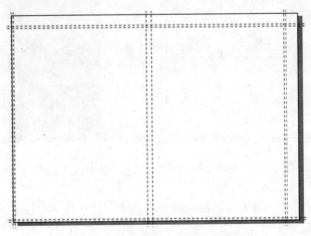

图 4.59　添加辅助线后的页面

（3）选择"文件"｜"保存"命令，文件名为"书籍封面"，扩展名为 cdr。

（4）在绘图页面右边，画一个矩形并填入黑色。在绘图页面左边，画一个圆，再复制一个并缩小一些。选中这两个圆，选择"排列"｜"对齐和分布"｜"水平居中对齐"命令；再选择"排列"｜"对齐和分布"｜"垂直居中对齐"命令，如图 4.60 所示。

第4章

图形图像设计的原理和技术

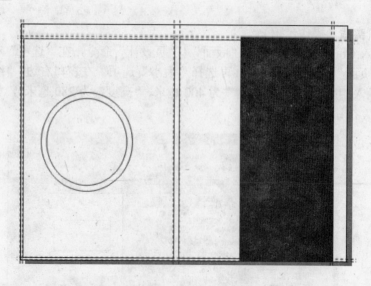

图 4.60   画一个矩形并添入黑色；制作两个同心圆

（5）选中这两个圆，选择"排列"|"造型"|"修剪"命令，则可变为两个图形：大圆减小圆所形成的圆环和小圆。移开这两个图形，如图 4.61 所示。

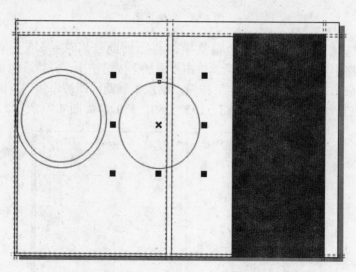

图 4.61   大圆减小圆后所形成的两个图形：圆环和小圆

（6）选中小圆，按下 Delete 键将其删去。选中圆环，再选择 工具下的 （渐变填充方式）工具，系统弹出"渐变填充方式"设置窗口，在该窗口的"调和颜色部分"选择"自定义"，在"调和颜色部分"的渐变设置色条上双击鼠标，则出现一个倒立小黑三角，再在右边的调色板上单击某色块，则渐变色条上便在右边增加这种颜色。如此重复几次，则制作好了一个"自定义"的渐变色条。在"预设"栏内输入"自定义 1"，单击旁边的 按钮，这种渐变色条就被保存在"预设"栏中，下次进入该窗口时可以直接调用而不必再制作。单击"确认"按钮，则被选中的对象即被填入了该种效果，如图 4.62 所示。

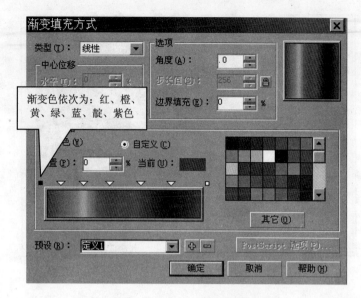

渐变色依次为：红、橙、黄、绿、蓝、靛、紫色

图 4.62　自定义一个"渐变色条"

（7）选中圆环，去掉轮廓线，移到绘图页面右边的黑色矩形上。再用 工具画一个鼠标和其连线（线宽为"2 点轮廓"，用红色），如图 4.63 所示。

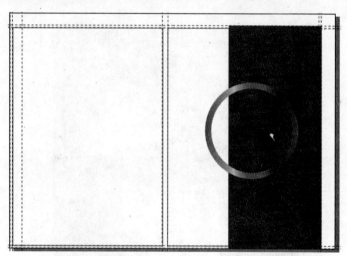

图 4.63　圆环移到黑色矩形上，用红色画一个鼠标和其连线

（8）再添加文字和图案，注意"书脊"上一般要有文字，如图 4.64 所示。

（9）封 2、封 3 可以采用彩色页，也可以采用双色页或单色页，排版也较为灵活。如果采用彩色页，则与封面封底的制作过程差不多，在此就不再赘述了。

（10）将"封面、封底"、"封 2、封 3"拼版，在裁切处制作"出血线"，制作"CMYK色块"。制作完毕后，保存文件。

如果自己拼版有困难（如计算机内存不够等），则出"菲林片"时也可以请彩色输出中心的人员拼版。因为这是规范化操作，他们制作起来更方便快捷些。

图形图像设计的原理和技术

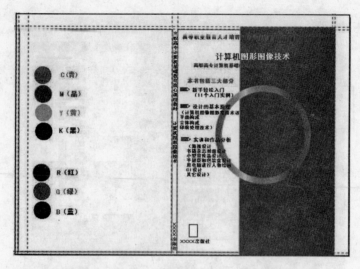

图 4.64　再添加文字和图案，形成最后效果

对于杂志封面的制作，可参考图 4.65。制作过程如下：先在 Photoshop CS 中制作好一个背景图，然后导入到 CorelDRAW 中。在 CorelDRAW 中，再添加文字花边等。最后在裁切处制作"出血线"，再制作"CMYK 色块"，即可完成一个简单的杂志封面的设计和制作。

图 4.65　杂志封面的制作

4. 作品分析

有了实验 4-1 海报设计和制作的基础，再设计制作书籍杂志封面就容易多了，因为它们都属于实用美术的平面设计作品，当然也包含 4 个部分（背景、主角、主题、花边），只不过这 4 个部分的侧重面不同罢了。

实验 4-4　小型宣传品设计

1. 实验要求

掌握一般小型宣传品的设计和制作过程。

2. 实验提示

观察和认识一种小型宣传品的外观（如图 4.66 和图 4.67 所示）。

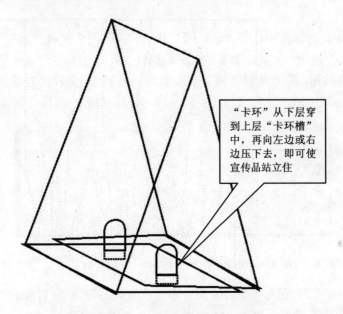

"卡环"从下层穿到上层"卡环槽"中，再向左边或右边压下去，即可使宣传品站立住

图 4.66　一种小型宣传品的外观

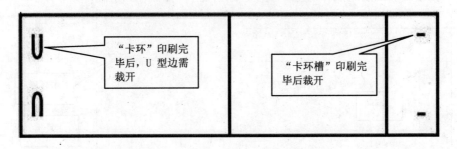

"卡环"印刷完毕后，U 型边需裁开

"卡环槽"印刷完毕后裁开

图 4.67　一种小型宣传品的展开图

3. 操作步骤

（1）进入 CorelDRAW，单击"版面"|"页设计"命令，在"选项"对话框的左边窗格中，将"页面"从+号变为–号，选择"大小"选项。在窗口右边，"纸张"选择"自定义"，再输入相应的数值（"宽度"为 460 毫米、"高度"为 150 毫米），如图 4.68 所示。

图形图像设计的原理和技术

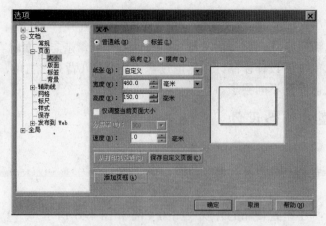

图 4.68　定义页面

（2）在"选项"对话框中，将"辅助线"从+号变为–号，选择"水平"选项，输入数值后，单击"添加"按钮。一共添加 8 条水平辅助线（0，3，21，35，43，100，118，121），然后单击"确定"按钮，则水平辅助线即被添加到页面上。用同样的方法添加 11 条垂直辅助线（0，3，13，21，53，213，373，405，413，423，426），可参考图 4.69。

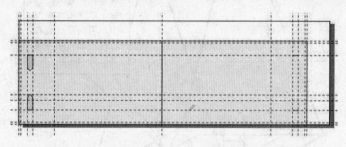

图 4.69　添加辅助线和卡环、卡环槽后的页面

（3）选择"文件"|"保存"命令，文件名为"宣传品"，扩展名为 cdr。

（4）在绘图页面左边制作出上下两个"卡环"，如图 4.70 所示。

（5）在绘图页面右边制作出上下两个"卡环槽"，如图 4.71 所示。

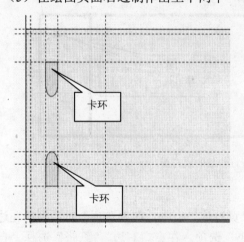

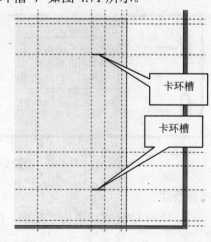

图 4.70　制作出页面左边上下两个"卡环"　　图 4.71　制作出页面右边上下两个"卡环槽"

（6）再添加文字和图案，如图 4.72 和图 4.73 所示。

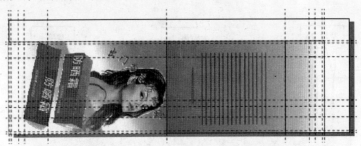

图 4.72　添加文字和图案后的效果

（7）在四周裁切处制作"出血线"。再制作"CMYK 色块"。制作完毕后保存文件。

4．作品分析

小型宣传品的样式很多，最常见的是样式简单的单页或三折页。通过本例制作的经验，对于复杂的样式，可进行收集并分析其制作过程。

小型宣传品上的图案和文字的设计与一般的平面设计差不多，不过要求更为简洁、实用。另外设计时一定要考虑便于携带和具有观赏效果。

实验 4-5　手提袋设计和制作

1．实验要求

掌握一般手提袋的设计和制作。

2．实验提示

认识一种手提袋的外观和展开图（如图 4.74 所示）。

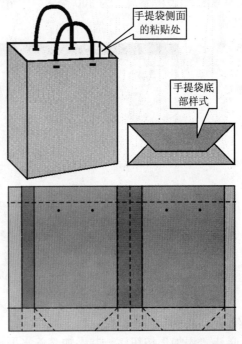

图 4.73　宣传品正面效果　　图 4.74　一种手提袋的外观及展开图（展开图虚线处需折边）

图形图像设计的原理和技术

可在一张白纸上画出如图 4.75 所示的尺寸比例，先试着制作出一个小的模型。

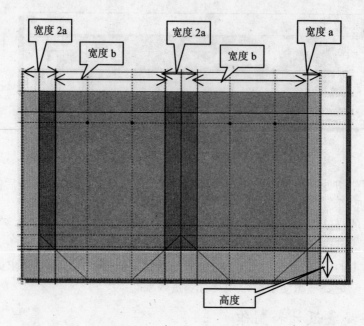

宽度 2a　　宽度 2a　　宽度 a

宽度 b　　宽度 b

高度

图 4.75　一种手提袋的尺寸比例，先试着制作出一个小的模型

3. 操作步骤

（1）进入 CorelDRAW，单击"版面"|"页设计"命令，在"选项"对话框的左边窗格将"页面"从+号变为–号，选择"大小"选项。在右边窗格中，"纸张"选择"自定义"，再输入相应的数值（"宽度"为 800 毫米、"高度"为 500 毫米），如图 4.76 所示，单击"确定"按钮。

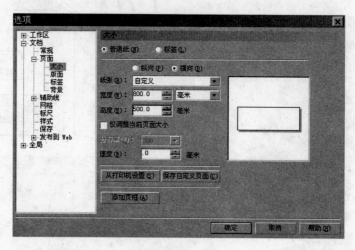

图 4.76　定义页面

（2）在"选项"对话框中，将"辅助线"从+号变为–号，选择"水平"选项，输入数值后，单击"添加"按钮。一共添加 7 条水平辅助线（0，3，73，378，403，453，456），

然后单击"确定"按钮，则水平辅助线即被添加到页面上。用同样的方法添加 14 条垂直辅助线（0，3，43，83，163，273，353，393，433，513，623，703，733，736），如图 4.77 所示（为了便于说明，图中标了一些色块）。

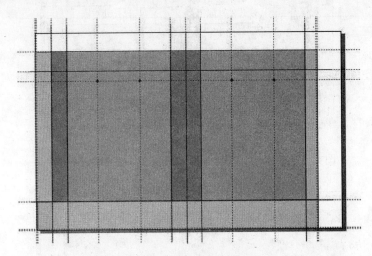

图 4.77　添加辅助线后的页面

（3）选择"文件"|"保存"命令，文件名为"手提袋"，扩展名为 cdr。

（4）另外出一张图，画出折线压痕和提手打孔处（垂直折线压痕共 5 条，水平折线压痕共 2 条，斜折线压痕 4 条，4 个定位打孔处），如图 4.78 所示。另起文件名为"手提袋折线压痕打孔"，保存文件。

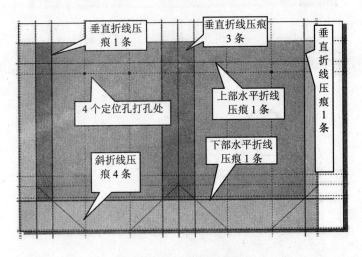

图 4.78　折线压痕和打孔处

（5）还要另外再出一张图。画出打孔处和手提袋底部的衬底，如图 4.79 所示。另起文件名为"手提袋打孔处和手提袋底部的衬底"，保存文件。

（6）印刷完毕，打好压痕后，A 处和 A 处粘贴，B 处和 B 处粘贴，如图 4.80 所示。

图形图像设计的原理和技术

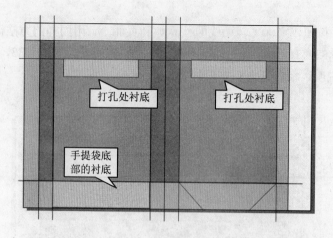

图 4.79　另外出一张图，画出打孔处和手提袋底部的衬底

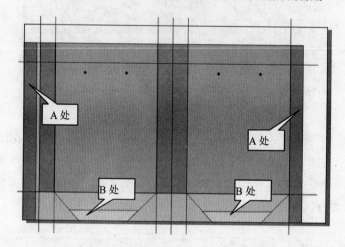

图 4.80　A 处和 A 处粘贴，B 处和 B 处粘贴

（7）对折线压痕处进行折叠。加上打孔处衬底，进行打孔。在手提袋底部加上的衬底，如图 4.81 所示。

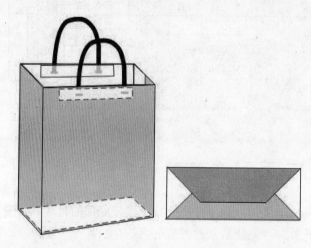

图 4.81　压痕折叠、加衬底、打孔、粘贴后的手提袋样式

（8）对于手提袋上的图案文字，如图 4.82 所示。读者也可以自己创意设计，特别注意图案文字的位置不要放错了。有几种样式供参考，如图 4.83 所示。

图 4.82　手提袋上的图案文字

图 4.83　手提袋几种样式

4．作品分析

手提袋的样式很多，不过最基本的是要求它具有承重装物的实用能力。因此在设计时务必首先考虑这一点。除了实用性外，手提袋的设计还必须考虑视觉效果和观赏性，否则就失去了它存在的价值。手提袋的图案和文字设计也遵循平面设计的一般性原理。需要注意的是，手提袋的面更多，因此设计和制作时图案文字不要犯错误。

实验 4-6 包装盒设计和制作

1．实验要求

掌握一般包装盒的设计和制作。

2．实验提示

认识一种包装盒的外观和展开图（如图 4.84 和图 4.85 所示）。

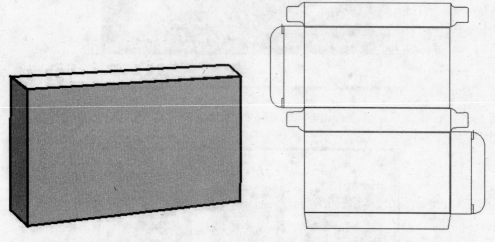

图 4.84 一种包装盒的外形   图 4.85 一种包装盒的展开外形图

3．操作步骤

（1）进入 CorelDRAW，单击"版面"|"页设计"命令，在"选项"对话框的左边窗格中将"页面"从+号变为-号，选择"大小"选项。在右边窗格中，"纸张"选择"自定义"，再输入相应的数值（"宽度"为 180 毫米、"高度"为 180 毫米），如图 4.86 所示。单击"确定"按钮。

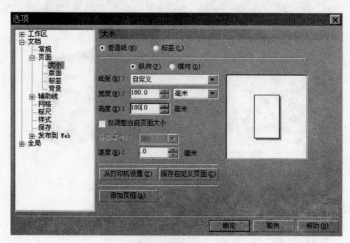

图 4.86 定义页面

（2）在"选项"对话框中，将"辅助线"从+号变为–号，选择"水平"选项，输入数值后，单击"添加"按钮。一共添加 12 条水平辅助线（–3，0，11，70，73，84，87，97，136，146，162，165），然后单击"确定"按钮，则水平辅助线即被添加到页面上。用同样的方法添加 13 条垂直辅助线（–3，0，10，12，22，25，27，133，136，146，148，158，161），如图 4.87 所示。

（3）选择"文件"|"保存"命令，文件名为"包装盒"，扩展名为 cdr。注意随时保存文件。

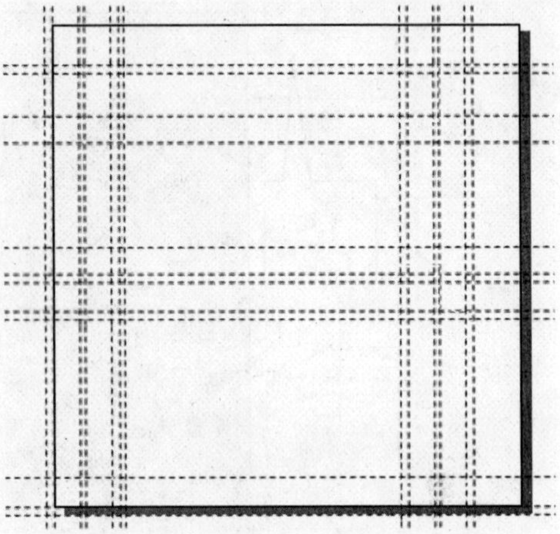

（4）盒子的展开图从最下面开始画起。在垂直辅助线 25 毫米，水平辅助线 11 毫米处为左上角，先画一个矩形，如图 4.88（a）图所示。

选中这个矩形，右击选择"转换为曲线"命令。再单击 工具，将这个矩形左下角的节点向右平移约 2 毫米。同理将这个矩形右下角的节点向左平移约 2 毫米，此时矩形变为梯形，如图 4.89 所示。

图 4.87　添加辅助线后的页面

矩形右下角节点平移距离的确定，也可用简易办法：在左边画一个测量矩形，再移到右边，确定右下角节点平移的距离，如图 4.88（b）所示。

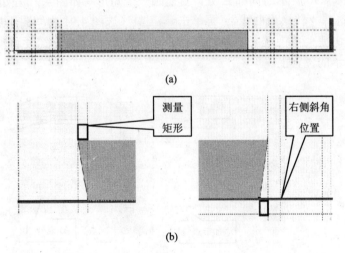

(a)

(b)

图 4.88　先画一个矩形，转为曲线，移动节点

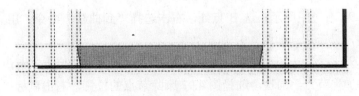

图 4.89　矩形变为梯形

图形图像设计的原理和技术

（5）继续画盒子展开图上的矩形。对有些矩形需使用"转换为曲线"选项，再使用 ![工具图标] 工具，添加或删除节点并改变节点类型，画出所要求的外形，如图 4.90 所示。

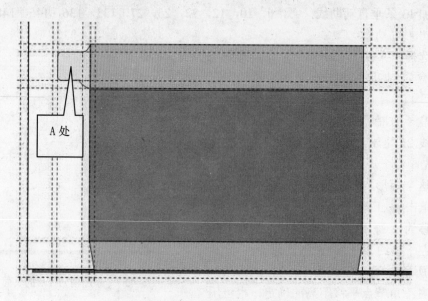

图 4.90　继续画出所要求的盒子外形

（6）对于如图 4.90 所示的局部 A 处，首先画一个矩形（如图 4.91 左边图所示），选中矩形右击鼠标，选择"转换为曲线"。再单击 ![工具图标] 工具（选图 4.91 中间图添加节点的位置），右击，在弹出的快捷菜单中选择"添加"命令以添加节点。再将需要移动的节点移到如图 4.91 右边图所示的位置上。

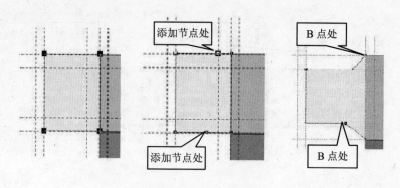

图 4.91　局部 A 绘制 1

（7）如图 4.91 右边图所示，选 B 点处，右击选择"到曲线"命令。用 ![工具图标] 工具对曲线的曲率进行调整，最后达到如图 4.92 所示效果。

（8）如图 4.92 所示，单击 ![工具图标] 工具，选择图 4.92 添加节点的位置，右击鼠标，在弹出选项中选择"添加"节点。同理，选择图 4.92 删除节点的位置，右击鼠标，在弹出选项中选择"删除"节点，如图 4.93 所示。

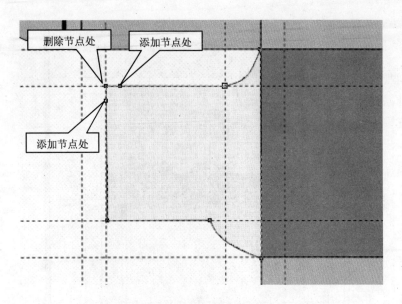

图 4.92　局部 A 绘制 2

（9）如图 4.93 所示，选 C 点处，右击选择"到曲线"命令。用 🔧 工具对曲线的曲率进行调整，形成圆角。同理，对另外一个角进行同样的操作，最后达到如图 4.94 所示效果。

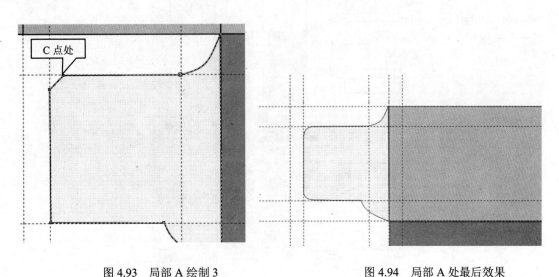

图 4.93　局部 A 绘制 3　　　　　　　　　图 4.94　局部 A 处最后效果

（10）局部 A 画好后，再进行镜像复制等。最后画完包装盒完整的展开图，如图 4.95 所示。对于该图的 D 处，可用与 A 处类似的方法进行绘制，具体画法如下。

首先画一个矩形，选中后右击选择"转换为曲线"命令。再单击 🔧 工具，再选择图 4.96 添加节点的位置，右击选择"添加"命令添加节点。同理，选择图 4.96 删除节点的位置，右击，选择"删除"命令删除节点。

图形图像设计的原理和技术

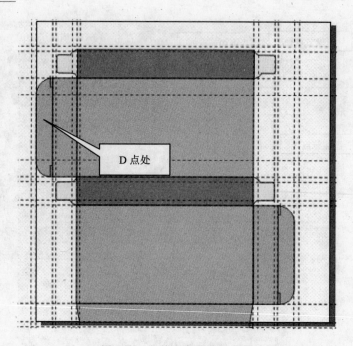

图 4.95　包装盒完整的展开图

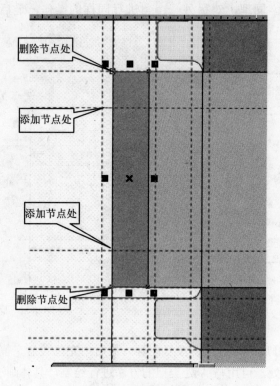

图 4.96　画局部 D 处

　　（11）选中 E 点处，右击，在弹出的快捷菜单中选择"到曲线"命令。用 工具对曲线的曲率进行调整，达到如图 4.97 所示效果。

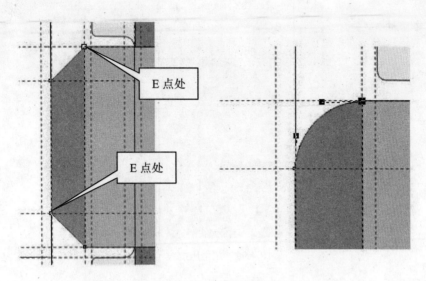

图 4.97　局部 D 处效果

（12）去掉展开图上的填充颜色，添加图案和文字，如图 4.98 所示。

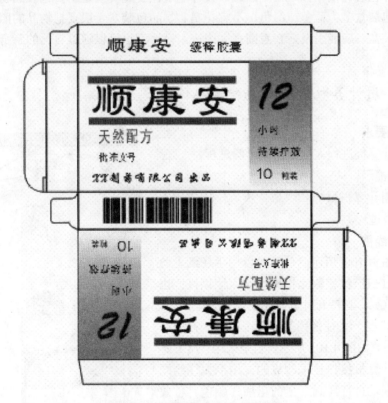

图 4.98　添加图案和文字后的效果

（13）在裁切处制作"出血线"，再制作"CMYK 色块"。制作完毕后保存文件。

（14）将文件另起名字保存，加上压痕线，如图 4.99 所示画出压痕线局部。具体画压痕线一般还需与印刷部门商量，最后确定画线的位置。

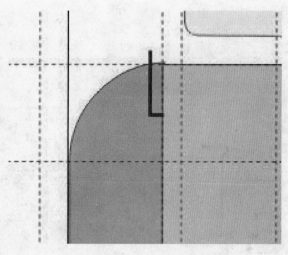

图 4.99　加上压痕线

4．作品分析

不同类型的包装物对包装盒的视觉效果要求相差非常之大。但是同类的包装物却对包装盒的要求存在着许多相似之处。因此，设计包装盒首先要确定所要包装的物品是什么。例如，药品包装盒多为蓝色或绿色，不宜花哨。物品包装盒一般要把物品的照片印在盒面上。食品包装盒，应能引发购物者的食欲……。设计者也可以通过自己的亲身观察和体验来进行总结。

实验 4-7　用计算机进行人物绘画

1．实验要求

了解用计算机进行人物绘画的一般过程。

2．实验提示

了解使用计算机鼠标和"数位板"画笔进行人物绘画的一般过程。

1）认识线稿

线稿如图 4.100 所示。线稿可以用手在纸上绘好，然后通过扫描仪或数码相机等输入计算机；也可以用"数位板"直接在计算机上绘制出来。

"数位板"是一种能像铅笔在纸上绘画一样的计算机输入设备，如图 4.101 所示。它是采用"压力感应"原理和计算机接口技术制成的。用手握住绘画笔，在绘画区域进行绘画。笔的粗细、颜色、特效等可以随时在绘画软件中进行设置。该种输入设备使用起来非常自如，克服了鼠标绘画打滑、速度慢、不随意等缺点。高级的数位板，其分辨率可达到

图 4.100　线稿

5080lpi，这意味着细如发丝的线条都能够非常精细地描绘出来。

2）在线稿基础上进行绘画

线稿绘制完毕输入计算机后，进入 Photoshop CS。新建一个文件，将线稿粘贴在底部图层上，然后再在线稿的基础上进行一步一步地绘画，如图 4.101 所示。

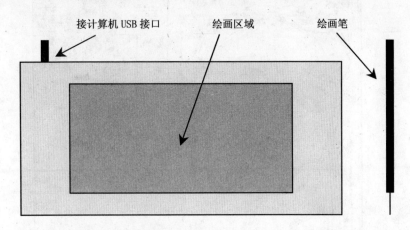

图 4.101　绘画数位板

如果对 Photoshop CS 的各种功能都掌握得比较好，可采用多种人物绘画的方法。

3．上机步骤（细节处采用"数位板"绘画，大面积处采用鼠标绘画）

（1）进入 Photoshop CS，单击"文件"|"新建"命令，在打开的"新建"对话框中输入相应的数值，如图 4.102 所示。

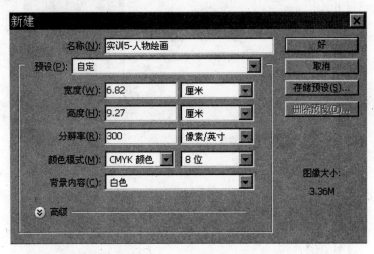

图 4.102　"新建"对话框

（2）将输入计算机的线稿，粘贴在底部图层上，如图 4.103 所示。

（3）新建一个图层，命名为"脸"。再用　工具，新建路径"脸"，如图 4.104 所示。将路径转换为选区，然后填入脸底色的颜色（C=3，M=17，Y=18，K=0）。再在图层面板上，将该层的"不透明度"设为 50%。

（4）新建一个图层，命名为"脸阴影 1"，将路径"脸"转换为选区。选前景色为（C=4、

图形图像设计的原理和技术

M=33、Y=36、K=0），用工具  画出脸部阴影（这时用鼠标效果更好）。对于阴影较深的地方，所选前景色要作适当调整，设得深一些，如图 4.105 所示。

图 4.103　线稿粘贴在底部层上

图 4.104　建立路径"脸"

（5）新建一个图层，命名为"耳朵和腮红"，将路径"脸"转换为选区。选定合适的前景色，用  工具（适当调整参数，这时用鼠标效果更好）画出耳朵阴影和腮红，如图 4.106 所示。

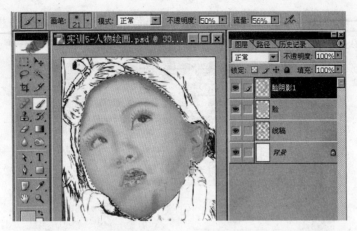

图 4.105　画出脸阴影

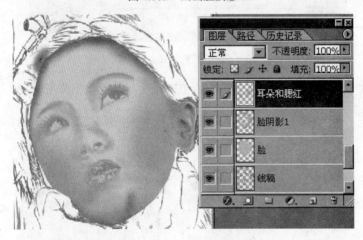

图 4.106　画出耳朵阴影和腮红

（6）新建一个图层，命名为"右眼"。新建路径"右眼1"，将路径转换为选区，然后填入颜色（C=2、M=2、Y=1、K=0）。用 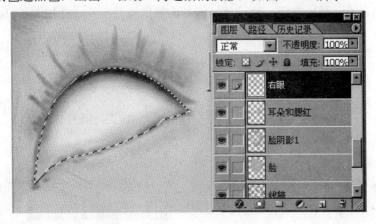"加深工具"使"右眼"边沿处颜色变深。再用工具，前景色选黑色，画出"右眼"内边沿的阴影，如图 4.107 所示。

图 4.107　画出"右眼"边沿效果

169

第 **4** 章

图形图像设计的原理和技术

（7）新建一个图层"右眼 2"，选择合适的前景色，再用 工具（注意画笔工具参数设置，如图 4.108 所示。

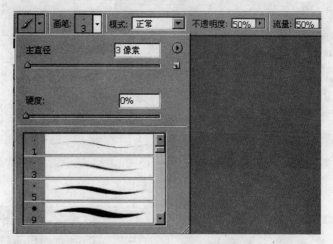

图 4.108　画笔工具参数设置

采用"数位板"绘画，画出"右眼"的细节部分，如图 4.109 所示。

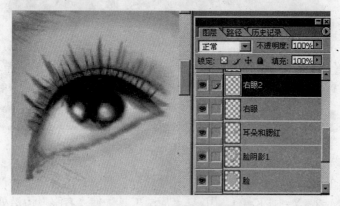

图 4.109　画出右眼的细节部分

（8）按同样方法画出左眼。再用类似的方法画出眉毛、鼻子，如图 4.110 所示。

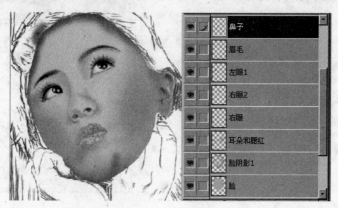

图 4.110　画出左眼等部分

（9）新建一个图层，命名为"嘴 2"。新建路径"嘴"，将路径转换为选区，然后填入颜色（C=9、M=54、Y=33、K=0），将该层的"不透明度"设为 50%。再新建一个图层，命名为"嘴 1"，选择合适的前景色，用 ✎ 工具（注意画笔工具参数设置），画出"嘴"的细节部分。也可以选用 ✍ 和 ✐ 工具画出"嘴"的细节部分，再将"嘴 2"图层的"不透明度"还原为 100%，如图 4.111 和图 4.112 所示。注意随时保存文件。

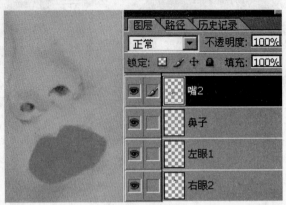

图 4.111　画出嘴

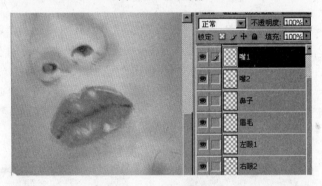

图 4.112　画出嘴的细节

（10）新建一个图层，命名为"头发 1"，新建路径"头发"，将路径转换为选区，然后填入黑色前景色，如图 4.113 所示。

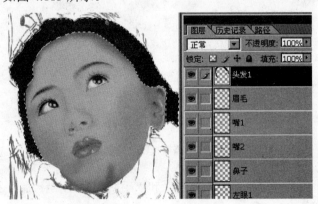

图 4.113　画出头发的底层

图形图像设计的原理和技术

（11）再新建一个图层，命名为"头发2"，选择前景色为（C=43、M=78、Y=88、K=65），用工具 ✐（参数为：直径3像素，硬度为0，正常模式，不透明度和流量均为50%，采用"数位板"绘画）画出头发的走向，如图4.114所示。

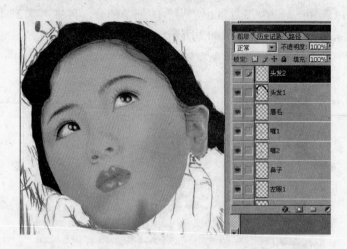

图4.114　用"数位板"画笔画出头发的走向

（12）选中"头发2"图层，单击图层面板右边的小黑三角，在弹出选项中选择"向下合并"，则"头发2"图层与"头发1"图层合并。选择主菜单"滤镜"|"模糊"|"高斯模糊"，在弹出的对话框中"模糊半径"输入7。单击"好"按钮，即实现"高斯模糊"效果。

（13）再新建一个图层，命名为"头发3"，用工具 ✐（参数同上）画出头发细节。选择"滤镜"|"模糊"|"高斯模糊"命令，在弹出的对话框中"模糊半径"输入1或0.5。单击"好"按钮，就实现了轻度"高斯模糊"效果，如图4.115所示。

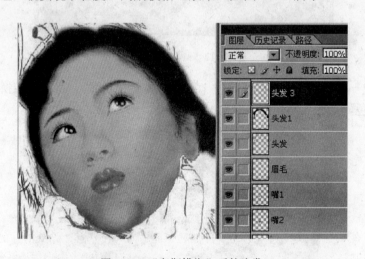

图4.115　"高斯模糊"后的头发

（14）新建2个图层，分别命名为"手"和"手阴影"，用画"脸"和"脸阴影"的方法画出其效果，如图4.116所示。

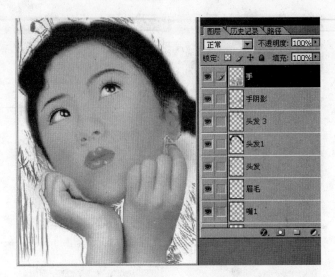

图 4.116　画出"手"和"手阴影"

（15）新建一个图层"图层 2"，作为"背景"，参考图 4.117 所示。设置一些色块，对白色区域用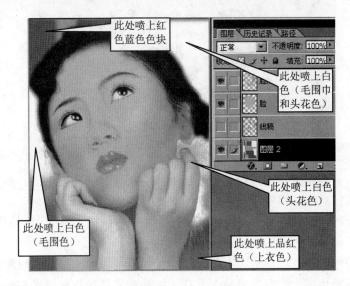进行拖拽。选择"滤镜"|"模糊"|"高斯模糊"命令，在弹出的对话框中"模糊半径"处输入 7。单击"好"按钮，即实现"高斯模糊"效果。

此处喷上红色蓝色色块

此处喷上白色（毛围巾和头花色）

此处喷上白色（头花色）

此处喷上白色（毛围色）

此处喷上品红色（上衣色）

图 4.117　画出"背景"

（16）新建图层"毛围巾"，选浅棕色作为前景色，使用工具（参数为：直径 3 像素，硬度为 0，正常模式，不透明度和流量均为 50%，采用"数位板"绘画），画出毛围巾和毛头花的轮廓。再新建一个图层"毛围巾上部"，画出毛围巾和毛头花的细节部分，如图 4.118 所示。

（17）新建图层"发卡耳环"，画出发卡耳环，如图 4.119 所示。整个绘画过程基本上就完成了。注意随时保存文件。

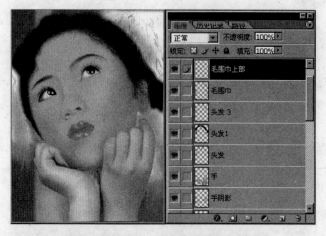

图 4.118　画出毛围巾和毛头花的细节

图 4.119　画出发卡耳环

4．作品分析

人物绘画具有一定难度，通过绘画表现出人物的精神、气质、性格、面貌等。人物绘画的特点主要包括针对性、写实性、再现性和美的感受 4 个方面。

在进行人物绘画之前，应该学习美术上涉及人体基本结构（如：比例结构、解剖结构、空间结构和形体结构）等方面的基础知识。

进行人物绘画时，重点应该放在人物上。背景起陪衬作用，可处理得朦胧一些。

还有就是要不断地练习，总结经验，这样才能使先进的计算机技术和传统的绘画技法完美结合，达到理想的艺术境界。

实验 4-8　CI（企业识别系统）设计

1．实验要求

了解 CI 的概念和 CI 设计。

2．实验提示

1）什么是 CI

CIS（Corporate Identity System）称为"企业识别系统"，简称为 CI。CI 系统通常包括

MI（理念识别）、BI（行为识别）、VI（视觉识别）3 方面的内容。

（1）理念识别：理念识别是企业识别系统的核心。它不仅是企业经营的宗旨与方针，还应包括一种鲜明的文化价值观。对外它是企业识别的尺度，对内是企业内在的凝聚力。系统的 CI 工程，从理念识别开始，不管在理论结构还是操作程序上，它都是一个起点，同时也是关键。

（2）行为识别：行为识别是企业 CI 系统中的"做法"，是企业理念诉诸计划的行为方式在组织制度、管理培训、行为规范、公共关系、营销活动、公益事业表现出来，对内对外传播组织无不以活动体现或贯彻的理念。在 CIS 中，行为识别是最宽泛的领域，也是迄今为止理论探讨最缺乏系统性的范畴。

（3）视觉识别：视觉识别将企业理念与价值观通过具体化的视觉传播形式，有组织有计划地传达给社会，树立企业统一性的识别形象。视觉识别系统由基本设计要素与应用设计要素两部分构成，是企业形象最直接也最直观的表现。一套完整的 VI 一般包括基础部分和应用部分，这其中最重要的是标志（Logo）的开发。企业的标志是 VI 系统的核心，它是企业文化、经营理念、企业宗旨、目标的提炼。本节主要讲解和设计的也是标志。

2）标志设计

作为独特的传媒符号，标志一直成为传播特殊信息的视觉文化语言。通过对标志的识别、区别、引发联想、增强记忆，促进被标识体与其对象的沟通与交流，从而树立并保持对被标识体的认知、认同，达到高效提高认知度和美誉度的效果。

标志设计一般有如下要求：

（1）简洁生动形象，强烈的视觉形式感和高度艺术性。

（2）易于识别和记忆，符合行业特征，具有高度的概括力。

（3）具有现代感，也具有未来性。

（4）产生令人亲切和蔼的感觉。

3．操作步骤

（1）进入 CorelDRAW，单击"版面"|"页设置"命令，在打开的"选项"对话框中将"页面"从+号变为–号，再选择"大小"选项，输入相应数值，如图 4.120 所示。

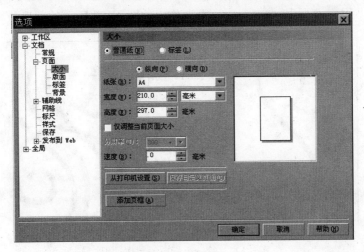

图 4.120　定义页面

图形图像设计的原理和技术

（2）上机实践要求制作出两个标志，如图 4.121 所示。"辅助线"可自行选定。

图 4.121　制作出两个标志

（3）选择"文件"|"保存"命令，文件名为"标志 1"，扩展名为 cdr。

（4）开始制作第一个标志。用 ![]工具画出如图 4.122 左边所示的轮廓线，分别选中各个节点，右击选择"到曲线"命令。再用 ![]工具对曲线的曲率进行调整，最后达到如图 4.122 右边所示的效果。

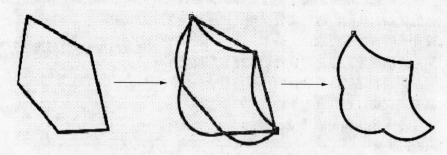

图 4.122　第一个图形的制作过程

（5）同理，用 ![]工具和 ![]工具，逐渐制作出如图 4.123 所示的图形。

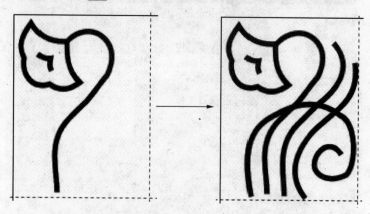

图 4.123　第一个标志的制作过程

（6）用相同的方法制作第二个标志，如图 4.124 所示。

图 4.124　第二个标志的制作过程

如果标志是手绘的或者是照片，那么需要用扫描仪或数码相机将手绘图或者照片输入计算机，在 Photoshop CS 查看或修整一下，起好名字保存到相应目录中。然后进入CorelDRAW 进行处理。举例如下：

在 Photoshop CS 中查看一幅标志位图，然后进入 CorelDRAW，单击"文件"|"导入"命令，选择刚才查看的标志位图。回到"绘图页面"，在该页面上从左上角向右下角拖拽鼠标，即可将所选择的位图导入。

右击导入的位图，在弹出的快捷菜单中选择"锁定对象"命令。如果要取消锁定对象，则可再次右击导入的位图，在弹出的快捷菜单中选择"解除锁定对象"命令。

配合使用工具 🔍✋ ，使要绘画的区域局部放大。

单击 ✐（手绘工具）图标右下角处的小黑三角，在弹出的几个选项 ✐✐✐✐✐△✐✐ 中，选择 🖋（钢笔工具），在导入的图上方进行绘画，如图 4.125 所示。

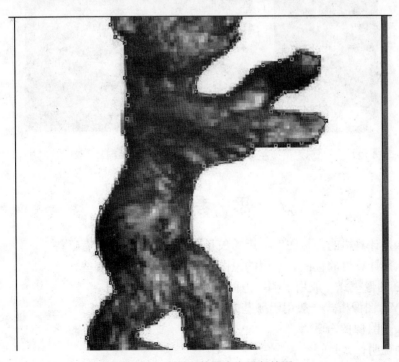

图 4.125　在导入的图上方进行绘画

图形图像设计的原理和技术

画好后，将所画图形移开并添入颜色，如图 4.126 所示。注意随时保存文件。

标志有时也是一个系列（若干个不等），如上面所制作的标志 1、标志 2 就是一个系列中的其中两个。

图 4.126　将所画图形移开，并添入颜色

标志制作好后，拥有该标志的企业或单位就会在各种场所使用该标志，该标志即变为企业或单位的标识。图 4.127 所示的就是一个例子。

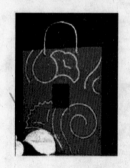

图 4.127　企业标志出现在各种场所（如手提袋、行李标签、宾馆房号等）

思 考 题

1. 什么是计算机的矢量图？常用的矢量图绘制和处理软件有哪些？
2. 什么是计算机的位图？常用的位图绘制和处理软件有哪些？
3. RGB 图像模式一般用于哪些方面？
4. CMYK 图像模式一般用于哪些方面？
5. 什么是图像的分辨率？
6. 举例说明什么是暖色和冷色。
7. 什么是印刷上的"分色"？

第5章　图形图像在 Flash 中的应用

前面介绍的是静态的图形图像，如果把一幅幅的静态图形图像连续起来进行播放的话，就变成了动态的图形图像，也就是平时所说的"动画"或"电影"。

有了静态的图形图像的设计制作基础，再去学习动态的图形图像的设计和制作，将是比较容易的事情。因此接下来的两章开始，我们将对动态图形图像的制作进行初步的尝试。

Flash MX 是 Macromedia 公司出品的一个用于矢量图形创作和矢量动画制作的专业软件，主要应用在网页设计和多媒体制作中。用 Flash MX 制作的动画文件很小，并且还采用了"流媒体技术"，可以一边下载一边播放，非常适于在互联网上传输，由于具有强大的功能且性能独特，Flash 动画大大增加了网页和多媒体设计的观赏性。Flash 具有矢量图的特性，放大而不失真，图像效果清晰，可以同步音效等特点，因此很快受到了广大设计人员和计算机爱好者的青睐。

5.1　动画和动画制作

动画是由很多内容连续且互不相同的画面组成的。动画利用了人类眼睛的视觉暂停效应，人类在看物体时，画面在人脑中大约要停留 1/24 秒，如果每秒有 24 幅或更多画面进入人脑，那么人们在来不及忘记前一幅画面时就看到了后一幅，因此形成了连续的影像。这就是动画形成的基本原理。

图像显示所需的最慢速度因图而异，较高的速度会使动作看起来较流畅，较慢的速度会使图像闪烁或产生跳动性的画面。卡通动画的播放速率为每秒 12 或 24 帧，电视画面播放速率为每秒 25 帧。

Flash 是用于制作和编辑矢量动画的专业软件。矢量动画是经过计算机计算生成的动画，表现为变换的图形、线条和文字等。这种动画画面其实只有一帧，通常由编程或是矢量动画软件来完成，是纯粹的计算机动画形式。

传统动画的画面是由大批动画设计者手工绘制完成的。在制作动画时必须人工制作出大量的画面，一分钟动画所需的画面约在 720～1800 张之间，用手工来绘制图像是一项工作量很大的工程，因此就出现了关键帧的概念。关键帧是由经验丰富的动画大师绘制的主要画面，关键帧之间的画面称为中间画面，中间画面则由助手在关键帧的基础上画出。

随着计算机技术的发展，动画技术也从原来的手工绘制进入了计算机动画时代。使用计算机制作的动画，表现力更强，内容更丰富，制作过程也更简单。经过人们不断的努力，计算机动画已经从简单的图形变换发展到今天真实的模拟现实世界。同时，计算机动画制作软件也日益丰富，功能日益强大，且更易于使用，制作动画也不再需要十分专业的训练。

以下介绍 Flash MX 的几个术语。

（1）Flash MX 窗口界面。界面主要包括这样几个部分——标题栏、菜单栏、时间轴、舞台、属性面板以及界面左边的工具箱和界面右边的浮动面板，如图 5.1 所示。

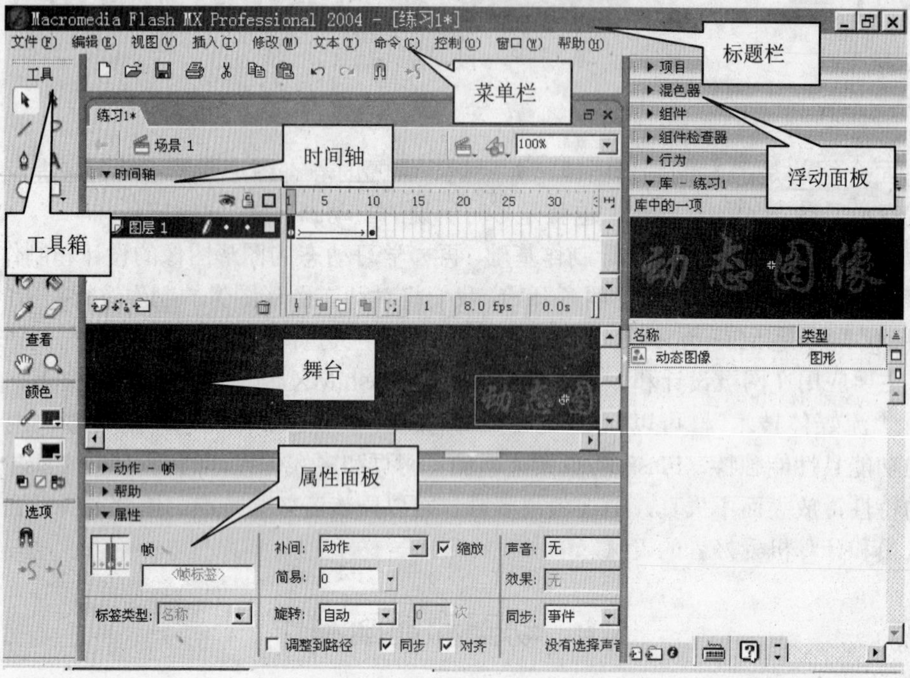

图 5.1　Flash MX 窗口界面

（2）帧。帧代表动画中的一幅图像。很多帧以顺序排列播放就形成了动画。帧具有时间性：一是它自身的长度，就是显示 1 帧从头到尾的时间；二是 1 帧在帧序列中的位置，不同的位置会产生不同的动画效果。

（3）关键帧。Flash 是采用关键帧处理技术的插值动画，这样在 Flash 中只要设置动画的开始帧和结束帧，中间的帧动画效果就会由计算机自动计算完成。

（4）元件。在 Flash 动画中的大量动画效果是依靠一个个的图形、物件等组成，这些物件在 Flash 中可以进行独立的编辑和重复使用，将它们称为元件。元件分为 3 类：影片剪辑元件、按钮元件和图形元件。

（5）层。同 Photoshop 一样，Flash 也有图层的概念，其作用也和 Photoshop 中的图层相似，这样就可以单独编辑每层的内容而不必担心会引起误操作。同时，为了动画设计的需要，Flash 还添加了遮罩层和运动引导层。

遮罩层决定了与之相连接的被遮罩层的显示情况。遮罩层相当于一个完整的罩子，而里面的动画就像罩子上的洞，可以看到下面被遮罩层的图形；也可以理解为与普通层刚好相反，有动画的地方表示透明，而没有动画的地方表示遮罩。

在设置动画沿路径运动的时候，可以设置运动引导层。用户可以在运动引导层中绘制曲线路径，而与之相连接的被引导层中的对象则沿着此曲线路径运动。

（6）时间线。它是表示整个动画的时间和动画进程之间的关系。帧在时间线中以时间先后顺序排列，也表示了动画发生的顺序。在时间线面板上包含了层、帧和动画等元素，可以设置不同层在不同时间发生动作的每一帧的动画。

5.2　动画制作和编辑的实验

本节通过 4 个实验对 Flash MX 进行简单的入门操作学习。

实验 5-1　制作一个包含新建元件的动画

现在来练习制作一个简单的动画，效果如下："动态图像" 4 个字从右边移动到左边。通过本例介绍，主要熟悉文本工具、元件创建、组件库的使用、增加图层、创建关键帧、创建补间动画的过程。

（1）双击 Flash MX 图标，即可进入 Flash MX 的主界面，如图 5.2 所示。

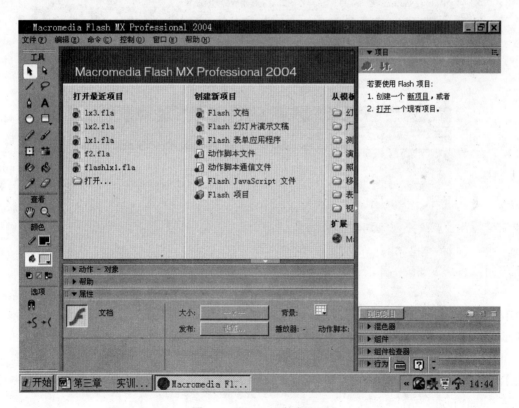

图 5.2.　Flash MX 的主界面

（2）在该界面上单击"创建新项目"下的"Flash 文档"选项，即可进入 Flash MX 默认的"未命名 1"界面，如图 5.3 所示。

（3）单击"文件"|"另存为"命令，系统进入"另存为"对话框进行设置，文件命名为"练习 1"，扩展名选 fla，如图 5.4 所示。

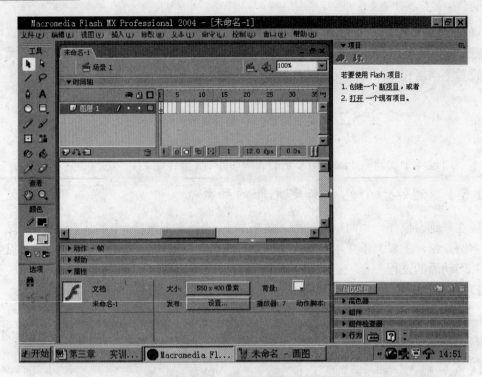

图 5.3　Flash MX 默认的"未命名 1"界面

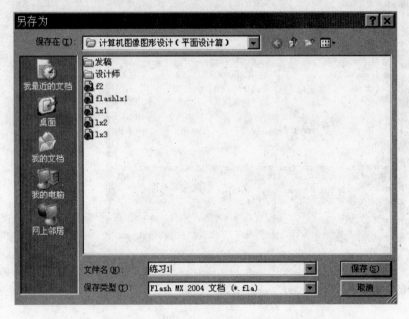

图 5.4　在"另存为"对话框中进行设置

　　单击"保存"按钮，系统进入"练习 1"文件界面，如图 5.5 所示。

　　（4）分别单击"练习 1"文件窗口右边部分分界中部的 ▌ ，使右边部分不在窗口显示，如图 5.6 所示。如果想恢复显示，可单击"窗口"下的一个选项，如"项目"选项，使其前面由不带"√"标记变为带"√"标记。

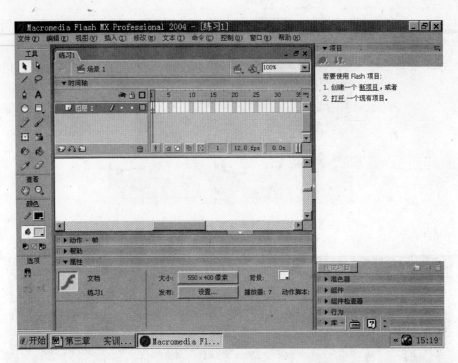

图 5.5　系统进入"练习 1"文件界面

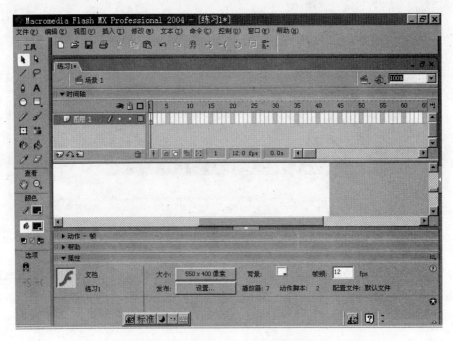

图 5.6　使右边部分不在窗口显示

（5）确定工具选项为 ▶ "箭头"。单击窗口下部的 `550×400 像素` 按钮，系统进入"文档属性"对话框窗口，在此窗口中将"背景"设为黑色，"帧频"设为 8，如图 5.7 所示。设置完毕，单击"确定"按钮。

（6）单击窗口下部分分界上的 ⬛，可使窗口下部分隐蔽起来，不在窗口中显示，如

图 5.8 所示。如果想恢复显示，再单击一下▼▼即可。

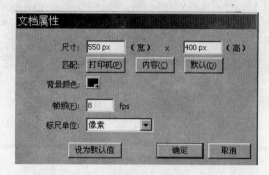

图 5.7　在"文档属性"对话框中进行设置

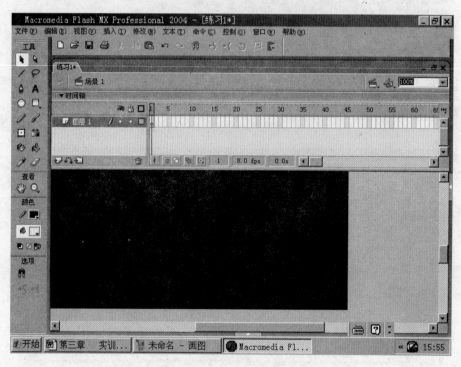

图 5.8　使窗口下部分隐蔽起来

　　（7）单击"插入"|"新建元件"命令，系统弹出一个对话框，在"名称"文本框中输入"动态图像"，在"行为"中选择"图形"选项，如图 5.9 所示，单击"确定"按钮。此时，在黑色背景上可以看到一个小十字架符号，如图 5.10 所示。

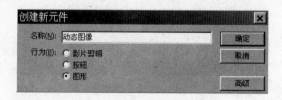

图 5.9　"创建新元件"对话框

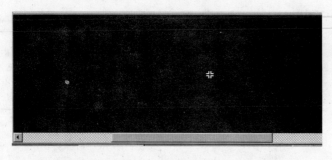

图 5.10 在黑色背景上可以看到一个小十字架符号

（8）单击窗口左部工具箱上的文字工具**A**。再单击窗口下部分分界上的███，使窗口下部分恢复显示。如果"属性"没展开，可单击▶ **属性**，或按 **Ctrl+F3** 快捷键。在"属性"展开栏中，单击███（红色色块），将文字的颜色设为红色，再将字体类型设为"华文行楷"，字体大小设为 36，用汉字输入法输入"动态图像"几个字（输入文字完毕后，在无字处单击一下，目测确认文字是否按规定输入到屏幕上了）。调节文字方框右上角的小方框，使文字方框的宽度正好框住文字，如图 5.11 所示。

图 5.11 设置文字属性

（9）用 ▶ 箭头工具将文字拖到十字符号的中心，于是名为"动态图像"的符号就制作好了，如图 5.12 所示。

图 5.12 将文字拖到十字符号的中心

（10）单击"窗口" | "库"命令（使其前面有√），则出现"库"面板。如果在该面板

上看不到元件图像，则单击该面板上元件的名称，参考图 5.13。注意随时保存文件。

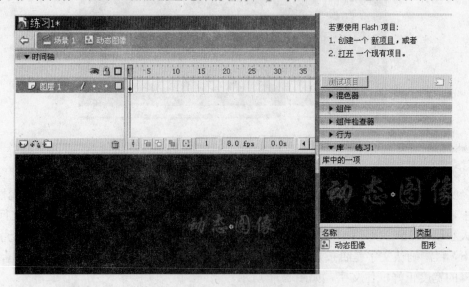

图 5.13　在"库"面板上看到该元件

（11）如果这时关闭了 Flash MX，再次进入 Flash MX，打开"练习 1"文件窗口，进行步骤（9）的操作后，单击窗口上部的 📇 "编辑场景"图标，选择"场景 1"，如图 5.14 所示。

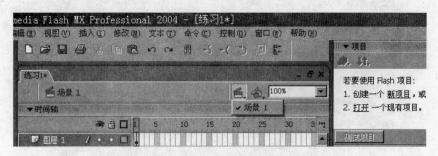

图 5.14　单击窗口上部的"编辑场景"

单击窗口右边"库"面板上的"动态图像"元件图像，将其拖入"场景 1"屏幕的右边，如图 5.15 所示。

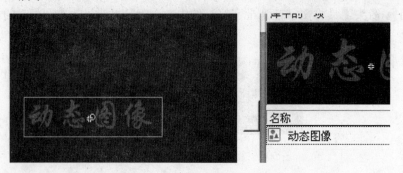

图 5.15　将"动态图像"元件图像用鼠标拖入"场景 1"屏幕右边

（12）进行插入关键帧（关键帧是动画的起点或者终点）的操作：在窗口上部时间轴的第 10 帧上，右击，在弹出的快捷菜单中选择"插入关键帧"命令，用"箭头"工具将"动态图像"文字拖到"场景 1"屏幕的左边，如图 5.16 所示。

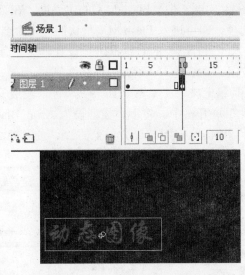

图 5.16　插入关键帧并将"动态图像"文字拖到"场景 1"屏幕的左边

（13）在时间轴的第 1 帧上右击，在弹出的快捷菜单中选择"创建补间动画"命令，一个动画即创建完成。把时间指针移到第 1 帧，按下 Enter 键，即可播放动画，观看效果（可看到"动态图像"文字从右边移到左边）。保存文件。

（14）把时间指针移到第 1 帧，再打开窗口下部的"属性"展开面板，可看到"补间"选项，并已选择了"动作"，这也就是说，可以在这里创建补间动画了，如图 5.17 所示。

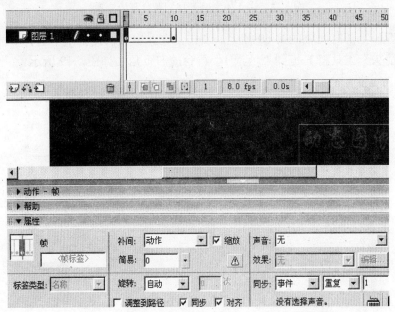

图 5.17　还可在"属性"展开面板中创建补间动画

图形图像在 Flash 中的应用

实验 5-2 制作文字翻转动画

动画效果：文字 F 从舞台左边到右边顺时针转 2 圈。

（1）双击 Flash MX 图标，再次进入 Flash MX 的主界面。在该界面上单击"创建新项目"下的"Flash 文档"选项，即可进入 Flash MX 默认的"未命名 1"界面。单击"文件"|"另存为"命令，系统进入"另存为"的对话框进行设置，文件命名为"练习 2"，扩展名选择 fla，单击"保存"按钮，系统进入"练习 2"文件界面。

（2）单击窗口左部工具箱上文字工具Ａ。如果"属性"没展开，可单击▶属性，或按 Ctrl+F3 快捷键。在"属性"展开栏中，将字体类型设为 Arial Black，字体大小设为 96，用英文输入法输入"F"，再单击窗口下部分分界上的▼，使其隐藏显示。将"F"移到舞台左边位置，如图 5.18 所示。

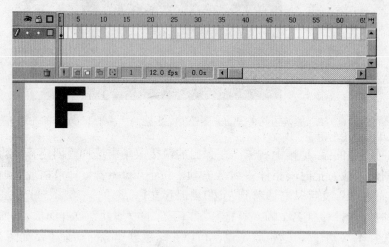

图 5.18 第 1 帧上将 F 移到舞台左边位置

（3）在窗口上部时间轴的第 60 帧上，右击，在弹出的快捷菜单中选择"插入关键帧"命令，用"箭头"工具将 F 拖到"场景 1"舞台的右下角，如图 5.19 所示。

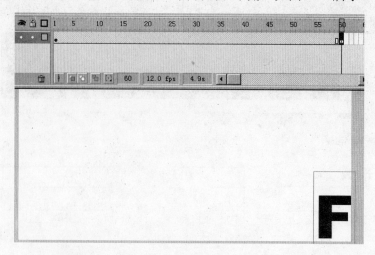

图 5.19 第 60 帧上将"F"移到舞台右下角位置

（4）在时间轴的第 1 帧上右击，选择"创建补间动画"命令。打开窗口下部的"属性"展开面板，单击时间轴的第 1 帧和图层 1 交界处，使其被选中。在"属性"展开面板的"补间"选项，选择"动作"；在"旋转"选项，选择"顺时针"，次数则选择 2 次，如图 5.20 所示。

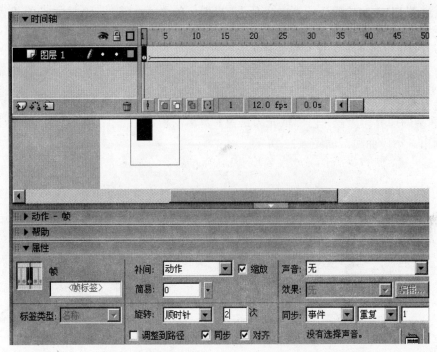

图 5.20　在"属性"展开面板进行设置

（5）把时间指针移到第 1 帧按下 Enter 键，即可观看动画效果（可看到 F 文字从舞台左边到右边顺时针转了 2 圈），如图 5.21 所示，保存文件。

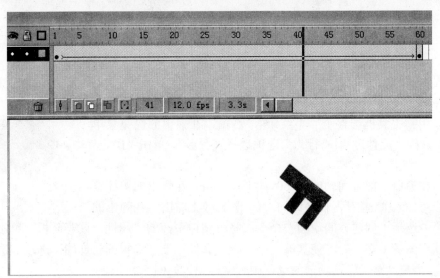

图 5.21　F 文字从舞台左边到右边顺时针转了 2 圈

图形图像在 Flash 中的应用

实验 5-3 制作物体沿路径移动动画

动画效果："小红果"翻滚着沿路径从舞台左边运动到右边。

（1）进入 Flash MX 的主界面。在该界面上单击"创建新项目"下的"Flash 文档"选项，即可进入 Flash MX 默认的"未命名 1"界面。单击"文件"|"另存为"命令，系统进入"另存为"的对话框进行设置，文件命名为"练习 3"，扩展名选择 fla，单击"保存"按钮，系统进入"练习 3"文件界面。

（2）单击窗口左部工具箱 ○ 上椭圆工具，在舞台上画一个椭圆。选中椭圆，双击鼠标左键，单击窗口左部工具箱上"颜色"选项中的 🖊 ■ （边界工具）和 🖌 ■ （内部填充工具），使椭圆的边界为黑色，内部填充为红色。再单击窗口左部工具箱 🖋 上的钢笔工具，在椭圆上画出一小段曲线，如图 5.22 所示。

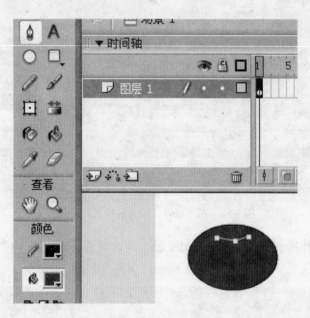

图 5.22　画一个小红果

再用工具箱 🖊 上的直线工具，画出一小段直线作为果柄，如图 5.23 所示。注意随时保存文件。

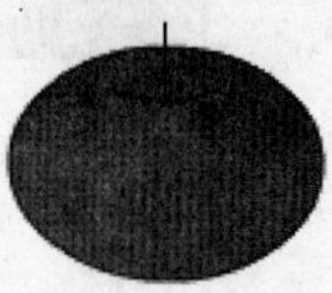

（3）用 🖈 工具框选整个"小红果"，右击，在弹出的快捷菜单中选择"转换为元件"，对"行为"选项选择"图形"。单击"确定"按钮。

（4）在窗口上部时间轴的第 60 帧上，右击，在弹出的快捷菜单中选择"插入关键帧"，再在时间轴的第 1 帧上右击，在弹出的快捷菜单中选择"创建补间动画"命令。打开窗口下部的"属性"展开面板，单击时间轴的第 1 帧和图层 1 交界处，使其被选中。在"属性"展开面板的"补间"选项，选择"动作"。使"调整到路径"选项前的选框中有 √ 标记，如图 5.24 所示。

图 5.23　再画出果柄

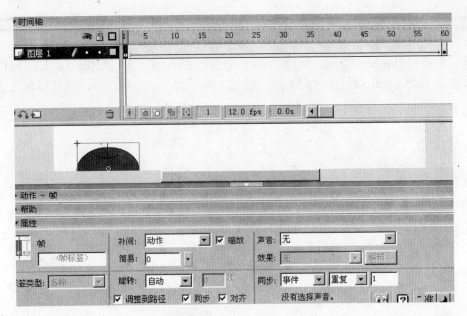

图 5.24 设置"属性"展开面板

（5）再单击图层面板下布的 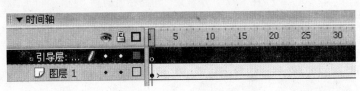（添加运动引导层）图标，则系统自动建立一个引导层。单击图层 1 上面的"引导层"，使其被选中，如图 5.25 所示。

图 5.25 选中"引导层"

再用工具箱的铅笔 ✎ 工具，在"引导层"上画出路径，如图 5.26 所示。

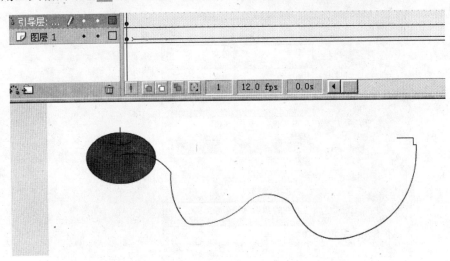

图 5.26 在"引导层"上画出路径

图形图像在 Flash 中的应用

（6）选中图层 1，用工具箱 "箭头" 工具将 "小红果" 移到路径的起点。再在窗口上部时间轴的第 60 帧上，单击，将 "小红果" 移到路径的终点。

（7）单击 "引导层" 上的 "眼睛" 图标，使其层不可见。选中图层 1，把时间指针移到第 1 帧，按下 Enter 键，即可观看动画效果。可看到 "小红果" 沿路径从舞台左边运动到了右边，如图 5.27 所示。注意保存文件。

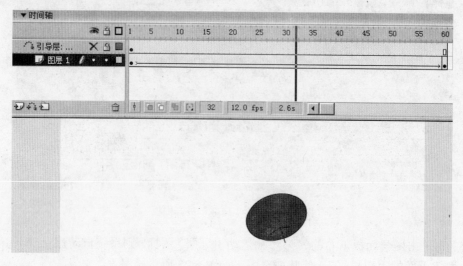

图 5.27 "小红果" 沿路径运动

实验 5-4 制作带有音效的动画

（1）进入 Photoshop CS，新建一个文件，"新建" 对话框设置如图 5.28 所示。

（2）前景色设为天蓝色（RGB 分别为 0、174、239）。

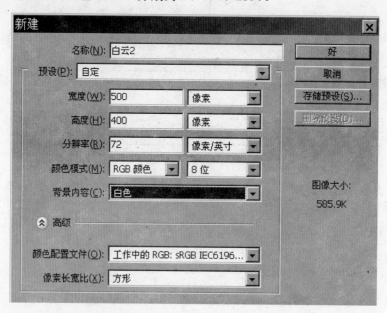

图 5.28 在 Photoshop CS 中新建一个文件

（3）单击"滤镜"|"渲染"|"云彩"命令，则画面变为一幅"云彩"，如图 5.29 所示。

图 5.29　画面变为一幅"云彩"

单击"文件"|"存储为"命令，系统进入"存储为"对话框进行设置，文件命名为"白云 2"，扩展名选择 JPEG，如图 5.30 所示。

单击"保存"按钮，系统进入"JPEG 选项"对话框，如图 5.31 所示。在"JPEG 选项"对话框中单击"好"按钮，则文件被保存为占空间更小的 JPEG 文件。

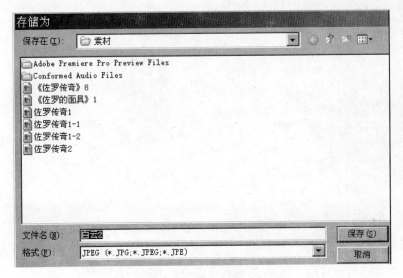

图 5.30　扩展名选择 JPEG

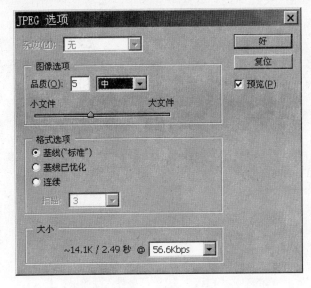

图 5.31　在 JPEG 对话框中进行设置

图形图像在 Flash 中的应用

（4）进入 Flash MX，打开"练习 3"文件。单击主菜单"文件"下的"另存为"选项，系统进入"另存为"对话框进行设置，文件命名为"练习 4"，扩展名选择 fla，单击"保存"按钮，系统进入"练习 4"文件界面。

（5）单击图层 1 下面的 图标，则系统自动建立一个新图层，即图层 3。

（6）单击"文件"|"导入"|"导入到舞台"命令，系统弹出"导入"对话框，选择刚才在 Photoshop CS 中所制作的"白云 2"，如图 5.32 所示。

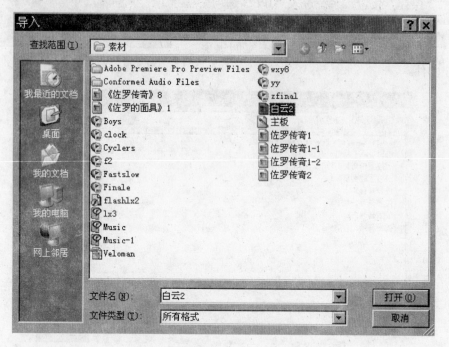

图 5.32　选择导入"白云 2"文件

单击"打开"按钮，文件即被导入到图层 3 上，如图 5.33 所示。

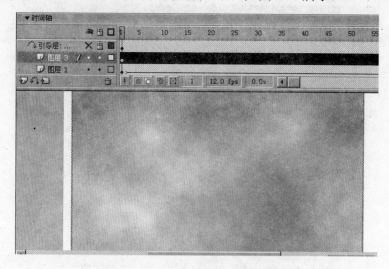

图 5.33　"白云 2"文件即被导入到图层 3 上

（7）在时间线设置旁边，单击图层 3 并向下拖至图层 2，则图层 3 和图层 2 的放置顺序调换了一下，如图 5.34 所示。

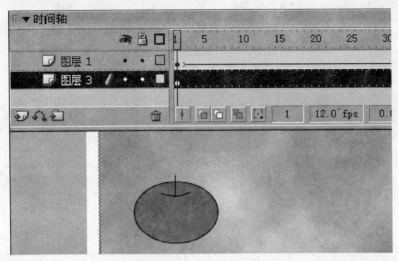

图 5.34　图层 3 和图层 2 的放置顺序调换了一下

把时间指针移到第 1 帧，按下 Enter 键，即可观看动画效果。看到"小红果"在天空中飞舞。注意保存文件。

（8）单击"文件"|"导入"|"导入到库"命令，系统弹出"导入到库"对话框，选择声音文件 Music-1，如图 5.35 所示。单击"打开"按钮，Music-1 即被导入到本文件的库中。

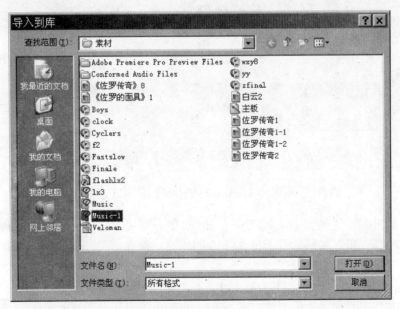

图 5.35　导入声音文件"Music-1"

（9）单击图层 3 在时间线上的第 1 帧，在"属性"面板中的"声音"处，选择 Music-1，如图 5.36 所示。系统自动在图层 3 的时间线上加上了声音波形，如图 5.37 所示。

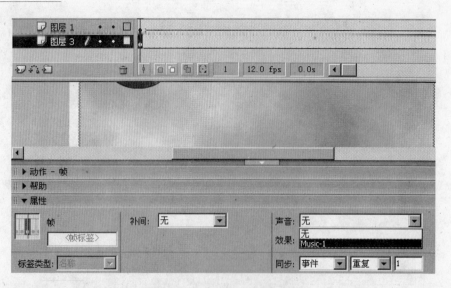

图 5.36 在"属性"面板中的"声音"处选择"Music-1"

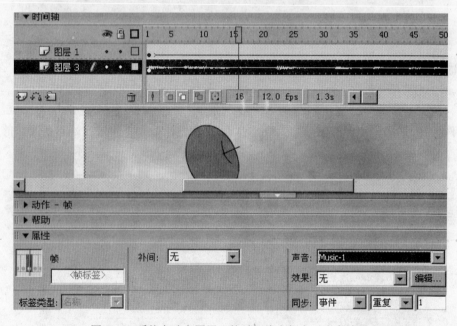

图 5.37 系统自动在图层 3 的时间线上加上了声音波形

此时,把时间指针移到第 1 帧,按下 Enter 键,即可看到动画和听到音乐,如同欣赏一种 MTV 的感觉。保存文件。

(10)单击图层 3 在时间线上的第 1 帧,在"属性"面板中的"声音"下面的"效果"处,单击 ▼ ,在弹出效果中选择一种声音效果,如图 5.38 所示。

也可以单击旁边的"编辑"按钮进行设置,如图 5.39 所示。

图 5.38 选择一种声音效果

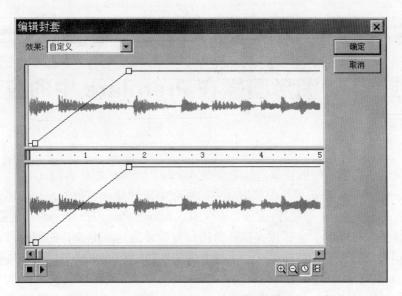

图 5.39　自定义一种声音效果

对于声音文件，最好是在专用的声音编辑软件（如图 5.40 所示的 GoldWave 声音处理软件）中编辑，然后再导入到 Flash MX 中。

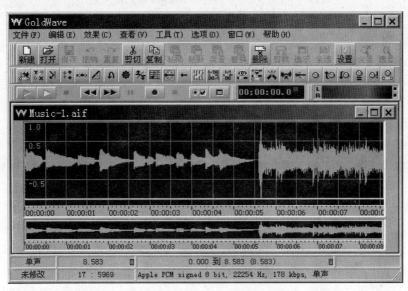

图 5.40　GoldWave 声音处理软件

思　考　题

1. 动画是怎样形成的？
2. 什么是矢量动画？
3. 简述如何在时间轴的第 20 帧处创建一个关键帧。

图形图像在 *Flash* 中的应用

第 6 章　图形图像在 Premiere 中的应用

这一章是动态图像制作的尝试，同时也是 Adobe Premiere 制作入门。

Premiere 是 Adobe 公司推出的非常优秀的视频编辑软件，它能对视频、声音、动画、图片、文本进行编辑加工，并最终生成电影文件。Adobe Premiere 是一个功能强大又方便实用的视频音频编辑软件。它通过提供各种操作窗口，来达到专业化的剪辑需求。Adobe Premiere 使用多轨的影像、声音进行合成与剪辑来制作 AVI 和 MOV 等动态影像格式。Adobe Premiere 把要制作的影视节目称为一个 Project（项目），由它来集中管理所用到的原始片段、各片段的有序组合、各片段的叠加与转换效果等，并生成最终的影视节目。本节以 Premiere 6.0 版本为基础介绍基本功能和操作方法。

6.1　视频制作和编辑的流程

在 Premiere 中视频产品的制作编辑流程大致包括以下 3 个步骤。

1. 导入原始素材

要进行视频编辑，必须导入已经制作、并处理好的素材。在 Premiere 6.0 中导入素材的方法是选择"File（文件）"菜单中"Import（导入）"下的"File（文件）"选项，或双击项目窗口"Item（项目）"栏的空白处，就会弹出"Import（导入）"对话框。

在 Premiere 的安装目录中已经预先存放了一些素材，可以用它们来进行电影制作练习。例如在 Premiere 的安装目录下的 Sample Folder 文件夹中选择 boys.avi 文件和 Cyclers.avi 文件，单击"Open（打开）"按钮后，便可在项目窗口中看到这两个电影文件。

2. 初步的电影编辑

对初学者来说，最简单的电影编辑莫过于将两段电影连接起来。下面就将刚才打开的两个素材连接起来。首先用鼠标将 boys.avi 文件拖入 Video 1A 通道，在 Monitor 窗口右侧显示出 boys.avi 的第 1 帧。为了便于编辑，先把 Monitor 窗口最小化。从工程窗口中将 Cyclers.avi 文件也拖入 Video 1B 通道，这两个通道是一组，中间的"Transition（转换）"是设置切换的。

用鼠标将下面一个通道的电影拖动，使第一段电影的结束部分和第二段电影的开始部分有一段是重合的，重合部分大约为 1 秒。

在转换面板中选择所需的切换方式。在转换面板（Windows 下的 Show Transitions）中双击 Slide 文件夹，选择 Band Slide 切换选项，把它拖到 Transition 轨道上（两段电影重合部分）。

至此一个简单的电影编辑基本完成了。可选择"File（文件）"菜单中的"Save（保存）"菜单命令，打开保存对话窗口，选择文件保存的路径，输入文件名称，注意文件的扩展名是.ppj，单击"Save（保存）"按钮即可。

预览效果。正式输出作品之前，使用预览功能观看作品，不满意可以修改。单击"Timeline（时间线）"菜单下的"Preview（预览）"命令，如果事先没有渲染作品，则系统进行渲染作品，渲染完成后，自动开始预览播放。在"Monitor"窗口右侧单击播放按钮，也可以预览。

3．输出电影

编辑好作品之后，还需将时间线上的素材输出成为电影，让别人可以播放观看。选择"File（文件）"菜单中的"Export Timeline（输出时间线）"下的"Movie（电影）"选项，打开保存对话窗，输入电影的文件名，单击"Save（保存）"按钮即可。保存完毕，Premiere自动弹出电影播放窗口，单击播放按钮，即可欣赏自己的作品。

6.2　视频制作和编辑的实验

本节通过两个实验对 Premiere 进行简单的入门操作学习。

实验 6-1　制作一个视频文件

（1）双击 Adobe Premiere 图标，系统弹出如图 6.1 所示的询问界面，在该界面上单击 New Project 按钮，系统又弹出 New Project 设置窗口，如图 6.2 所示。

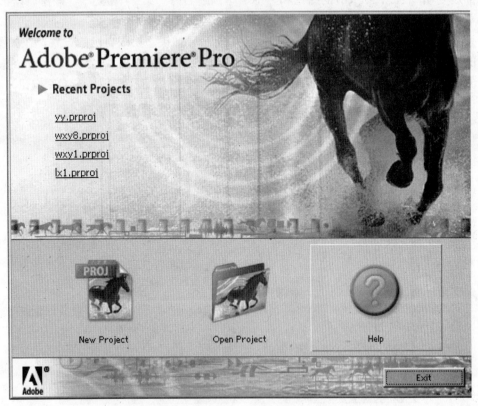

图 6.1　Adobe Premiere 询问界面

图形图像在 Premiere 中的应用

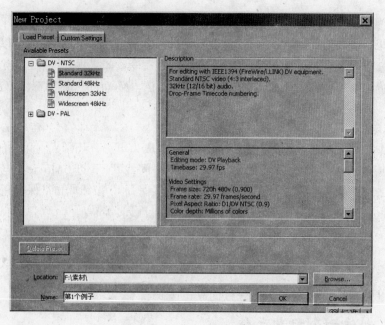

图 6.2　New Project 设置窗口

（2）在 New Project（新项目）窗口中，系统给出了一个播放参数的设置。同时在窗口的底部还要填写 New Project 的路径和名称，本例起名为"第 1 个例子"。该窗口设置完毕后，单击 OK 按钮。

系统弹出"第 1 个例子"窗口，如图 6.4 所示（如果想换成自己的设置，在如图 6.2 所示的 New Project 窗口中，单击 Custom Setting（自定义设置）按钮，则会换成 Custom Setting 设置的内容，如图 6.3 所示。在该窗口中重新进行设置。设置完毕后单击 OK 按钮）。

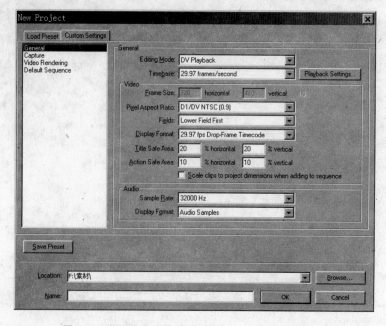

图 6.3　进行 Custom Setting 设置的 New Project 窗口

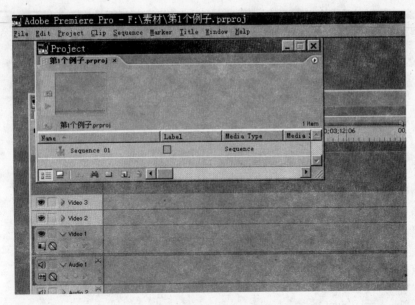

图 6.4　系统弹出"第 1 个例子"窗口

由于本例所用的 Adobe Premiere 版本较高，故部分界面的操作与低版本（如 6.5 以下）的操作稍有不同。

（3）要进行视频编辑必须事先准备好一些素材。在 Premiere 6.5 安装目录下的 Sample Folder 文件夹中有一个 boys.avi 文件，将其复制到自建的"素材"文件夹中，这个文件夹中还有在 Flash MX 创建的"小红果（练习4）.avi"等文件。

（4）单击 File | Import 命令，系统弹出 Import 设置窗口，在该窗口中选择 boys.avi 文件，如图 6.5 所示。单击"打开"按钮。系统回到"第 1 个例子"的 Project 窗口，如图 6.6 所示。

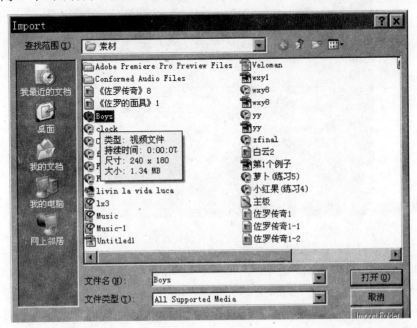

图 6.5　导入 boys.avi 文件

图形图像在 Premiere 中的应用

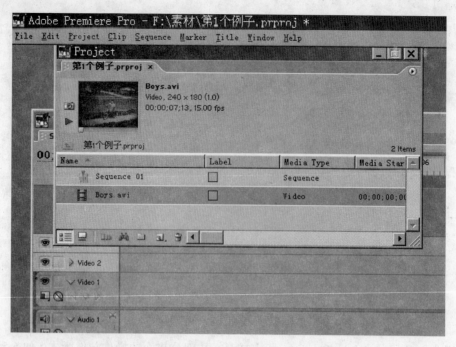

图 6.6　系统回到"第 1 个例子"的 Project 窗口

（5）单击 Project 窗口中 Name | Sequence 01 | Boys.avi 选项，用鼠标将其拖到时间线窗口的 Video 1 上，如图 6.7 所示。

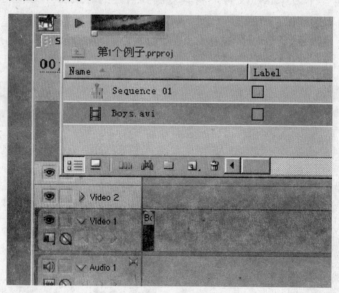

图 6.7　将 Boys.avi 拖到时间线窗口的 Video 1 上

（6）单击 Window | Monitor 命令，系统弹出 Monitor 窗口。单击 Monitor 窗口右边的箭头 ，在弹出的选项中选择 Single View，调整 Monitor 窗口的大小，如图 6.8 所示。

（7）单击 Monitor 窗口上的播放 按钮，即可在 Monitor 窗口上看到 boys.avi 文件的播放效果，同时在时间线窗口上的红竖线也在 Video 1 的 boys.avi 上移动。单击 Monitor 窗口

上的播放 ⊢◄ 按钮，又会回到刚才播放的起点处。

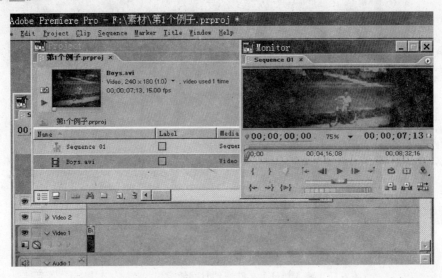

图 6.8　调整"Monitor"窗口的大小

（8）单击 File | Import 命令，系统弹出 Import 设置窗口，在该窗口中选择 Music-1 声音文件，如图 6.9 所示。单击"打开"按钮，系统回到"第 1 个例子"的 Project 窗口。

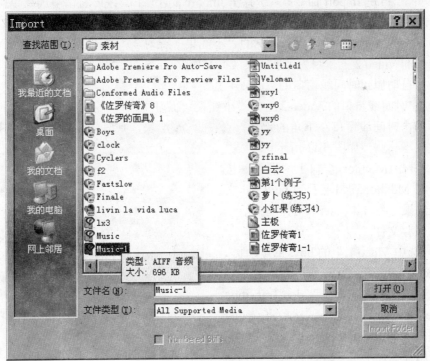

图 6.9　导入 Music-1 声音文件

（9）单击主菜单 Project 窗口中 Name 下的 Music-1 声音文件，用鼠标将其拖到时间线窗口的 Audio 4 上，如图 6.10 所示。

图形图像在 Premiere 中的应用

图 6.10　将 Music-1 文件拖到时间线窗口的 Audio 4 上

（10）单击 Monitor 窗口上的播放 ▶ 按钮，即可在 Monitor 窗口上看到 boys.avi 文件的播放效果，同时通过耳机或音箱可以听到音乐。然后保存文件。

（11）单击 File | Import 命令，系统弹出 Import 设置窗口，在该窗口中选择"小红果（练习 4）.avi"文件，单击"打开"按钮，系统又回到"第 1 个例子"的 Project 窗口。

（12）单击 Project 窗口中 Name 下的"小红果（练习 4）.avi"文件，用鼠标将其拖到时间线窗口的 Video 2 上。因为"小红果（练习 4）.avi"文件既有视频又有音频，所以其音频部分被自动加到时间线窗口的 Audio 4 上。

（13）在时间线窗口的 Video 2 上将"小红果（练习 4）.avi"文件拖到 boys.avi 文件的后面，再单击时间线窗口左下角的 △ ——— △ 滑块，则时间线窗口上的文件显示时间间隔放大了一些，如图 6.11 所示。

（14）单击 Monitor 窗口上的播放 ▶ 按钮，即可在 Monitor 窗口上看到 boys.avi 文件和"小红果（练习 4）.avi"文件的播放效果。然后保存文件。

（15）选中 Video 1 上的 boys.avi 文件，单击 Window | Effects 命令，系统弹出 Effects 设置窗口，在该窗口中，单击 Video Transition | Page Peel | Center Peel 命令，然后将 Center Peel 方块拖入到 Video 1 上 boys.avi 文件的尾部，则尾部被加上了 Center Peel 方块，如图 6.12 所示，也就是在 boys 文件的后面和

图 6.11　将"小红果"文件拖到 boys 文件的后面
并放大时间间隔显示

在"小红果"文件的前面加上了一种"视频转换"效果。单击 Monitor 窗口上的播放 ▶ 按钮，观看这种效果。移动时间线上的红色竖线，可设置观看起点。然后保存文件。

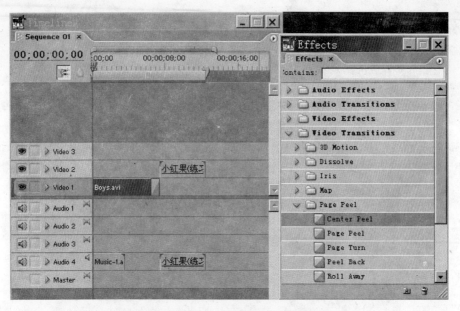

图 6.12　加上了一种"视频转换"效果

（16）单击 File | Export | Movie 命令，系统弹出 Export 设置窗口，如图 6.13 所示。输入文件名，单击"保存"按钮，关闭 Premiere。

（17）在"我的电脑"或"资源管理器"中打开刚才保存的"音频视频"文件 第1个例子（"第 1 个例子"），即可实现播放。

图 6.13　导出为"音频视频"文件

图形图像在 Premiere 中的应用

实验 6-2　视频文件的基本编辑

（1）双击 Adobe Premiere 图标，系统弹出询问界面，在该界面上单击"第 1 个例子.prproj"选项，系统进入"第 1 个例子.prproj"文件窗口。

（2）单击 File | Save As 命令，系统弹出 Save As 对话框，在该窗口将名称改为"第 2 个例子"，单击"保存"按钮，系统便进入"第 2 个例子"的 Project 窗口。

（3）在时间线的 Audio 4 上将"小红果"音频文件向左拖到与 Audio 4 上的 Music-1 音频文件后连接在一起的位置，"小红果"视频文件也同步向左移动，如图 6.14 所示。

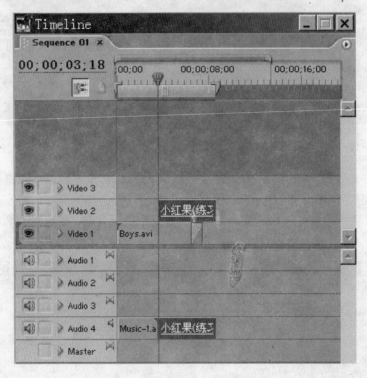

图 6.14　将"小红果"音频文件向左拖动

如果发现操作错误，可单击 Window | History 命令，在系统弹出的 History 窗口中进行"退步"操作。

（4）选中时间线 Video 1 上的 boys.avi 文件，在其尾部向左拖动，使其与"小红果"视频文件重合，如图 6.15 所示。注意保存文件。

（5）单击 File | New | Title 命令，系统打开 Title 窗口。在 Title 窗口中选择文字 **T** 工具，输入"WELCOME !"，如图 6.16 所示。

（6）选中"WELCOME !"，在 Title 窗口的下部的 Styles 中，单击一种样式，则文字"WELCOME !"变为该种样式。选择 工具调整文字的大小和位

图 6.15　将 boys.avi 文件尾部向左缩减

置，如图 6.17 所示。

图 6.16　在 Title 窗口中输入 "WELCOME！"

图 6.17　给文字选择一种样式并调整其大小和位置

　　（7）选中 "WELCOME！"，在 Title 窗口的右边的 Object Styles 中，单击 Fill 左边的小三角，打开其设置属性选项，如图 6.18 所示。

　　在属性设置选项中，单击 "白色" 色块，则系统弹出 Color Picker 窗口，如图 6.19 所示。在该窗口中，选择一种颜色，单击 OK 按钮，则文字 "WELCOME！" 变为该种颜色。

　　（8）单击 File | Save 命令，系统弹出 Save Title 窗口，在名称栏中输入 Text-1，单击 "保存" 按钮，则 "WELCOME！" 文字文件即被保存。

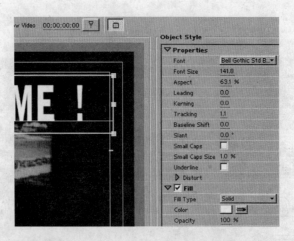

图 6.18　单击"Fill"左边的小三角，打开其设置属性选项

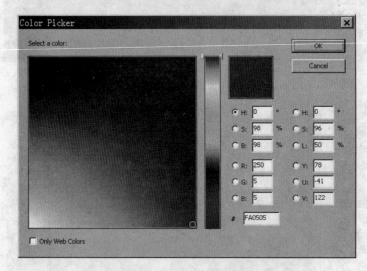

图 6.19　Color Picker 窗口

（9）单击 Title 窗口的 File | Close 命令，则 Title 窗口关闭。系统又回到"第 2 个例子.prproj"的文件窗口。而 Text-1 文件（即"WELCOME !"文字）自动出现在 Project 窗口的 Name 下。

（10）将 Text-1 文件拖入到时间线的 Video 上，如图 6.20 所示。

（11）用同样的方法再制作一个"WELCOME !"文字，颜色为黄色，并在 Title 窗口中，用 工具使其旋转。保存文件，命名为 Text-3，拖入到时间线 Text-1 文件的后面，如图 6.21 所示。

（12）单击 Monitor 窗口上的播放 按钮，即可在 Monitor 窗口上看到播放效果，同时通过耳机或音箱听到音乐。然后保存文件。

（13）单击 File | Export | Movie 命令，系统弹出 Export 设置窗口，输入文件名"第 2 个例子"，单击"保存"按钮。关闭 Premiere。

（14）在"我的电脑"或"资源管理器"中，双击刚才输出的"音频视频"文件"第 2 个例子"，即可实现播放。其中两幅画面如图 6.22 和图 6.23 所示。

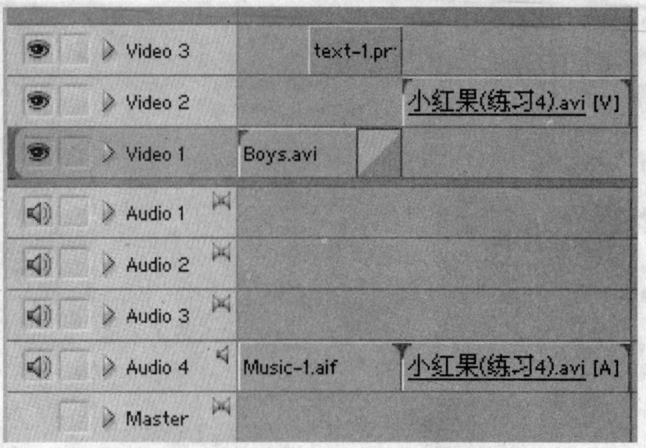
Video 3
text-1.pr
Video 2
小红果(练习4).avi [V]
Video 1
Boys.avi
Audio 1
Audio 2
Audio 3
Audio 4
Music-1.aif
小红果(练习4).avi [A]
Master

图 6.20　将“Text-1”文件拖入到时间线的“Video 3”上

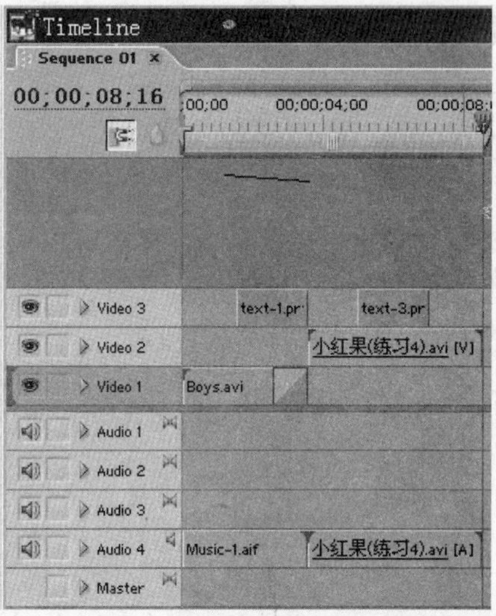
Timeline
Sequence 01
00;00;08;16
00;00
00;00;04;00
Video 3
text-1.pr
text-3.pr
Video 2
小红果(练习4).avi [V]
Video 1
Boys.avi
Audio 1
Audio 2
Audio 3
Audio 4
Music-1.aif
小红果(练习4).avi [A]
Master

图 6.21　将 Text-3 文件拖入到时间线 Text-1 文件的后面

WELCOME !

图 6.22　“第 2 个例子”的一个播放画面

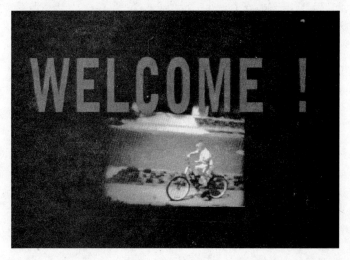

图 6.23 "第 2 个例子"的另一个播放画面

思 考 题

1. 在 Premiere 中如何进行项目文件的保存？
2. 简述 Premiere 的工作界面由哪些元素构成。
3. 简述在 Premiere 中视频产品的制作和编辑流程。

第7章 平面设计欣赏及其他应用

　　学习本章的目的是通过欣赏开阔设计思路，同时体会平面设计是各类图形图像设计和处理的基础。

7.1　平面设计欣赏

　　图 7.1～图 7.10 给出了一些优秀的平面设计作品。

（为 S.费舍尔出版社设计的招贴画）

图 7.1　冈特·兰波（德国）的作品

（左：Pierre Gagnaire 饭店广告　　右：丹麦家具制作 25 周年展海报）

图 7.2　佩尔·阿努迪（丹麦）的作品 1

（左："美国杯"海报丹麦队的挑战　右：拯救阿尔卑斯山招贴）

图 7.3　佩尔·阿努迪（丹麦）的作品 2

（IBM 公司海报）　　　　　　（左：杂志封面设计　右：海报设计）

图 7.4　保罗·兰德（美国）的作品　　　图 7.5　艾仑·弗雷切（英国）的作品

（左：1992 年奥运会会标　　右：电视语言形象设计）

图 7.6　约瑟 M.特里亚（西班牙）的作品

图 7.7　日本福田繁雄的作品

Munich1972

Montréal 1976

图 7.8　1972 年德国慕尼黑
　　第 20 届奥运会会徽

图 7.9　左：加拿大蒙特利尔第 21 届奥运会会徽
　　　　右：前苏联莫斯科第 22 届奥运会会徽

图 7.10　左：美国洛杉矶第 23 届奥运会会徽　　右：希腊雅典第 28 届奥运会会徽

7.2 建筑及雕塑设计

建筑及雕塑设计从广义上说也属于平面设计。图 7.11～图 7.14 是一些优秀的建筑及雕塑设计。

图 7.11 左: 法国埃弗尔铁塔 右: 希腊宙斯神殿

图 7.12 比萨斜塔

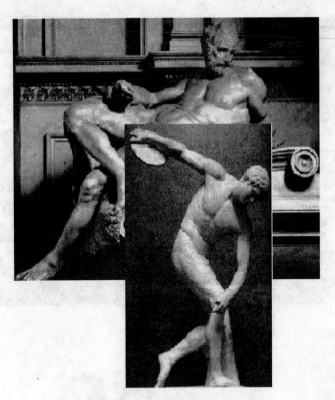

图 7.13　米开朗基罗雕塑作品

图 7.14　法国著名雕塑家奥古斯迪·罗丹雕塑作品

7.3　服 装 设 计

从广义上说，服装设计也属于平面设计。图 7.15～图 7.18 给出了一些服装设计示例。

图 7.15　服装设计 1

图 7.16　服装设计 2

图 7.17 服装设计 3

图 7.18 服装设计 4

7.4 摄 影 设 计

摄影设计也是一种广义上的平面设计。图 7.19 和图 7.20 是两个例子。

图 7.19　演员梦露

图 7.20　左图：草原的马儿　右图：空中摄影

参 考 文 献

1. 刘琼. CorelDRAW X3 标准教程. 北京：中国青年出版社，2006
2. 栗青生. CorelDRAW 基础教程. 北京：中国水利水电出版社，2007
3. 李伟. Flash MX 实用培训教程. 北京：清华大学出版社，2002
4. 赵克学. Flash 创意设计教程. 北京：清华大学出版社，2005
5. 柏松. Premirer Pro 标准培训教程. 上海：上海科学普及出版社，2006
6. 郭圣路等. Premiere Pro 2.0 从入门到精通（普及版）. 北京：电子工业出版社，2007
7. 刘甘娜，朱文胜. 多媒体应用技术. 北京：高等教育出版社，2000
8. 张德纯等. 多媒体技术与应用. 北京：科学出版社，2005
9. 陈欣，许秋宁，于鹏. Photoshop CS 教程. 北京：清华大学出版社，2004
10. 陈小宁. Photoshop 6.0 入门与提高. 北京：人民邮电出版社，2000
11. 周天朋等. Photoshop 6.0 实用技术与案例. 北京：清华大学出版社，2001
12. 李启炎主编，叶建雄，何文欣编著. 图像处理与图像制作. 上海：同济大学出版社，2007

读者意见反馈

亲爱的读者:

感谢您一直以来对清华版计算机教材的支持和爱护。为了今后为您提供更优秀的教材,请您抽出宝贵的时间来填写下面的意见反馈表,以便我们更好地对本教材做进一步改进。同时如果您在使用本教材的过程中遇到了什么问题,或者有什么好的建议,也请您来信告诉我们。

地址:北京市海淀区双清路学研大厦 A 座 602 室 计算机与信息分社营销室 收

邮编:100084 电子邮件:jsjjc@tup.tsinghua.edu.cn

电话:010-62770175-4608/4409 邮购电话:010-62786544

教材名称:图形图像技术与应用

ISBN:978-7-302-17180-5

个人资料

姓名:_____ 年龄:_____ 所在院校/专业:_____

文化程度:_____ 通信地址:_____

联系电话:_____ 电子信箱:_____

您使用本书是作为: □指定教材 □选用教材 □辅导教材 □自学教材

您对本书封面设计的满意度:

□很满意 □满意 □一般 □不满意 改进建议_____

您对本书印刷质量的满意度:

□很满意 □满意 □一般 □不满意 改进建议_____

您对本书的总体满意度:

从语言质量角度看 □很满意 □满意 □一般 □不满意

从科技含量角度看 □很满意 □满意 □一般 □不满意

本书最令您满意的是:

□指导明确 □内容充实 □讲解详尽 □实例丰富

您认为本书在哪些地方应进行修改?(可附页)

_____

_____

您希望本书在哪些方面进行改进?(可附页)

_____

_____

电子教案支持

敬爱的教师:

为了配合本课程的教学需要,本教材配有配套的电子教案(素材),有需求的教师可以与我们联系,我们将向使用本教材进行教学的教师免费赠送电子教案(素材),希望有助于教学活动的开展。相关信息请拨打电话 010-62776969 或发送电子邮件至 jsjjc@tup.tsinghua.edu.cn 咨询,也可以到清华大学出版社主页(http://www.tup.com.cn 或 http://www.tup.tsinghua.edu.cn)上查询。

"21 世纪普通高校计算机公共课程规划教材"系列书目

ISBN	书　名	作　者	定　价
9787302168133	C 语言程序设计教程	张建勋　等	29.00
9787302132684	Visual Basic 程序设计基础	李书琴　等	26.00
9787302138389	Visual FoxPro 数据库应用	康萍　等	29.00
9787302134626	程序设计基础（C 语言版）	赵妮　等	25.00
9787302132325	大学计算机基础（含实验）	王长友　等	29.00
9787302150565	多媒体技术应用基础	冯希哲、叶哲丽　等	25.00
9787302154150	计算机基础	彭澎　等	29.00
9787302133025	计算机网络技术及应用	王中生　等	27.00
9787302156857	计算机应用基础	刘义常　等	24.00
9787302152200	计算机组装与维护教程	王中生　等	25.00
9787302150572	网页设计与制作	付永平、刘玉　等	26.00
9787302158783	微机原理与接口技术	牟琦　等	33.00
9787302153160	信息处理技术基础教程	马崇华　等	33.00